demon king's castle
ロイヤルハイツ魔王城

illustration 堀部健和　仁木克人

魔王城、空き部屋あります！

いいね！：**I AM YUSHA、他**
demon king's catsle 豊洲駅から徒歩2分、2LDK、敷金礼金ナシの好条件！
SRC造9階建て、角部屋含め複数ご… 続きを読む

賃貸 > 東京都 > 江東区 > 豊洲駅の賃貸情報

有楽町線 / 豊洲駅 / 豊洲〇〇丁目　空室状況を問い合わせる

CONTENTS

デザイン／木村デザイン・ラボ

魔王城、空き部屋あります!

Demon King's Castle For Lease!

仁木克人

ill. 堀部健和

プロローグ　決戦

最後の決戦が始まろうとしていた。

舞台は剣と魔法と奇跡の支配する世界ロッケンヘイム、オーシュ大陸の山間部に聳《そび》え立《た》つ魔王の城。

堅牢《けんろう》な城壁で二重に囲われ、四つの尖塔《せんとう》を持つこの城は、昼の光の中でさえ見る者の身を竦《すく》ませる禍々《まがまが》しい迫力に満ちていた。

巨大な城門を抜けて城内に入れば、通路の壁には不気味な怪物を象《かたど》った浮き彫りが施され、各所に焚《た》かれた篝火《かがりび》が紫の炎を灯《とも》して、その浮き彫りの影を生き物のように不規則に揺らめかせていた。

「とうとう来たな、この時が」

「ああ。今こそ決着の時だ」

感慨を含む二つの声が、この城で最大の規模を持つ謁見の間によく響いた。

集った数百体の魔族が固唾をのんで見守るのは、向かい合って立つ二名の人物。

一方は彼ら魔族の主君、魔王バルバトス。

流れる銀の髪から突き出す角は禍々《まがまが》しく紅《あか》く、怪しくぎらつく瞳は黄金。身体《からだ》を覆うローブは全ての光を飲み込むように黒く、まるでその空間に底なしの穴が開いたかのような異質な存在感を生んでいる。

魔王の言葉を受け正面から向かい合うのは、魔族にとっての宿敵、人類最強の戦士。聖なる剣の祝福を受ける、勇者シグナ。

眩《まぶ》しい白銀の甲冑《かっちゅう》と深い藍色のマントを纏《まと》う、見るからに精悍《せいかん》な青年であった。

無数の魔族に囲まれているにもかかわらずその瞳に恐れの色は見られず、ただ己の使命を全うする気概のみが溢《あふ》れているようだった。

二人がこうして直《じか》に対面するのは初めての事だった。

魔族と人類。遥《はる》か昔から争いを続けてきた二つの種族、その頂点に立つ二者が、今ここに決戦の時を迎えようとしているのだ。

「魔王バルバトスよ。一つ、聞かせてくれないか」

死闘の幕開けを前に、シグナは唐突に問いかけた。

バルバトスは腕組みした姿勢でわずかに片方の眉を上げ、短く鼻を鳴らす。

「いいだろう。この魔王が慈悲をもって質問の権利をくれてやる」

「質問一つでなんという恩着せがましさだ。これだから魔族は」

露骨な嘲りに不快感を示しつつも、勇者シグナは問いただす。

「魔王の本拠地にしては、ここは兵の数が少なすぎる。しかも、この場に集った魔族の戦士たちが手を出さず、魔王であるお前が自ら僕との一騎打ちに応じるとは一体どういうわけだ？」

疑念は尤《もっと》もだ。

シグナは魔王軍の軍勢を相手に連戦、死闘を覚悟してこの城を訪れた。にもかかわらず、城門は易々《やすやす》と開かれ、回廊を歩く最中も誰一人としてシグナへ挑みかかってくる者は居なかったのだ。

魔族の戦士たちはただ遠巻きにシグナの歩みを見守り、広間にたどり着《つ》いてみれば城主であるバルバトスが待ち構えている。あまりにも不可解だった。

バルバトスはこの問いを受け、静かに頷《うなず》いた。

「余の部下は世界各地に散り、それぞれが余の領地拡大に勤《いそ》しんでいる。よって、城内に残っている兵は必要最低限。余の護衛に大軍を配備する必要は無いのでな」

「ならば、この城に残っている兵は何故《なぜ》戦わない？」

「不甲斐《ふがい》ないことだが。ここに居合わせている部下たちでは、全員が束になってかかっても貴様には叶《かな》うまい」

容赦の無いバルバトスの評価に、鎧《よろい》を着込んだオーガや翼を折りたたんだガーゴイルが悔し涙をこぼす。

「それでも犠牲を積み重ね、多少なりとも貴様を消耗させることは可能かもしれん。だが」

バルバトスは一度言葉を切り、芝居がかった調子で高らかに宣言した。

「無駄な犠牲は不要。余が直接戦い、勝利すれば終わる話だ」

途端に、地を揺らすような拍手喝采が巻き起こった。

「「「我が王！　我が王！　我が王！」」」

魔族の兵たちが拳を振りかざし、熱狂した。拍手と叫び声は風を産み、シグナの前髪を揺らすほどであった。

しかし、その異様な空気の中でもシグナの闘志が揺れる気配は無かった。

「それは油断というものだ、バルバトス。僕がその傲慢な鼻をへし折る！」

「フン。そうは言うがシグナよ。貴様、余を倒した後はどうするつもりなのだ？」

「……何だと？」

バルバトスが邪悪な笑みを浮かべる。

「余の調べでは、貴様が所属するイアセノ王国は国王派と教皇派に分かれ争っている。現状は国王派がやや優勢、というところであろう」

「そうなのか？」

きょとんとしているシグナの表情に、バルバトスは拍子抜けして肩を落とした。

「……そうなのか、ではない。貴様の住む国のことだぞ」

「僕は権力争いには興味が無い。そんな事に気を配っている暇があれば、剣の腕を磨く！」

堂々と胸を張るシグナに、バルバトスは大げさにため息をついて、首を横に振った。

「興味は無くとも、貴様は既にその舞台に立っているのだ。もし貴様が余を倒すことがあれば、貴様が所属する星詠騎士団の手柄となる。教皇直属の騎士団だ。すると、どうなるか分かるか？」

「どうなるんだ？」

「あのなあ……」

何一つ理解していないシグナにバルバトスは苛立《いらだ》ち、頭を掻《か》きながら懇切丁寧に説明した。

「貴様は国を救った英雄として持《も》て囃《はや》される一方、国王派に命を狙われることとなるだろう。教皇派に余計な力をつけさせ、勢力を逆転させかねない不安要素だからな」

この予想は、まったく根拠のない妄言というわけでもない。バルバトスの調べでは、近年、イアセノ王国の国王派は権力を保持するために度々後ろ暗い手段を用いているのだ。

「シグナよ、余との取引に応じよ。余が部下を率いてイアセノ王国へ侵入し、国王派のみを叩《たた》く。その後は貴様の望み通り、正々堂々と余との勝負に臨めばよい。悪い話ではないと思うが？」

「うーん……？　そ、そんな事をしてお前に何の得があるんだ？」

「余とて、相対する勇者にその後の保障が無いまま戦っては気分が悪いというだけの話よ。全ての憂いを断った上で、気持ち良く決着をつけたいではないか」

無論、バルバトスの狙いは別にある。

シグナがこの取引に乗れば「教皇派の勇者シグナは、国王派を排除するために魔王との取引に応じた」という火種を作ることができる。あとはこの噂《うわさ》を広めるだけで、国王派と教皇派が勝手に潰し合う事になるだろう。

労せずに敵対戦力を大幅に削ろうという、打算まみれの提案だった。

しかし、続くシグナの発言によってこの目論見《もくろみ》は崩れ去った。

「よくわからないが、断る！」

バルバトスの額に、びきりと青筋が立つ。

「何がよくわからんのだ」

「何もかもだ！」

勇者はキラキラと目を輝かせ、ぐっと拳を握って答えた。

「派閥だとか、勢力だとか……僕には難しいことはわからない！　ただ、お前を倒すという使命だけがこの体を突き動かすんだ！　それ以外の事は、終わった後で考える！」

「この脳筋馬鹿勇者がぁあああ！」

突然、バルバトスの怒りが爆発した。

「な、なんだ急に！　どうした⁉」

「余の策を見破ったというのならともかく！　こんな単純な話の何がわからんのだ、この馬鹿が！　自分の置かれた状況くらい把握しろ！」

「わ、わからないものはわからない！　正直に答えたのにどうして怒られるんだ⁉」

「おのれ……やはりこの馬鹿相手には交渉が成立せん……！」

バルバトスは歯嚙《はが》みした。

魔王バルバトスが人間たちに恐れられたのは、その類まれなる武力、魔法の威力もさることながら、情報収集能力と交渉の巧みさにもあったのだ。

バルバトスの口車に乗せられて不平等な和平条約を結び、実質支配下に置かれてしまった国は数知れず。過去に勇者と呼ばれた者たちも皆、自分探しというあてのない旅に出たり、賭博《とばく》にのめり込んで身を持ち崩したり、剣の道を追求して世捨て人となったり、散々な末路を辿《たど》ってきた。

しかしこの度勇者となった騎士・シグナは違った。

あまりにも馬鹿正直で欲が無く、かつ、魔王を倒すという使命にのみ没頭しているシグナには、バルバトスの甘言が全く通じない。

「駄目で元々と、最後の交渉に挑んでみたものが……もういい。貴様などを相手に文化的な手段を用いたのがそもそも間違いだったのだ。日向《ひなた》で干からびたヒキガエルよりも価値のない人類ごときが余に歯向かう事自体が増長であり、万死に値する！」

「ひど……酷《ひど》い事言うな⁉　それを言うならお前の罪こそ、たとえ神が許しても僕が許さない！　そして僕が許した時は神が許さない！」

「それはズルではないか貴様⁉」

二人はひとしきり声を荒らげたが、これ以上のやり取りは不毛と判断したか、共に口をつぐんだ。

もはや、お互い舌戦で勝敗を決めるつもりなど毛頭ないのだ。

「永劫《えいごう》の滅びの罰よ、冥府より闇を纏《まと》いて現《あらわ》れ出《い》でよ。……『ゲヘナの無音の歌』！」

詠唱と共に、バルバトスの掌《てのひら》に紫色の炎が宿った。

握りしめられた炎は柄となり、柄から細長く伸びた炎は刃を形成した。

ゲヘナの無音の歌。それは魔王バルバトスが持つ禁忌の魔剣である。

刀身に七つの孔《あな》を持つ歪《いびつ》なこの剣は、物理的な強度を無視してありとあらゆる物体を確実に破壊するという恐るべき力を持つ。

その禍々《まがまが》しい刀身の輝きを目の当《まあ》たりにし、シグナの精悍《せいかん》な顔つきはさらに引き締まった。

バルバトスが魔剣を手にしたならば、シグナもまたそれに見合った武装で応じなければならない。

「神権拝領。我が信に応え、奇跡をここに示し給《たま》え。『アークトゥルス』！」

シグナが天に掲げた掌《てのひら》の上に、青白い光の輪が生じる。

光の輪は火の粉を散らしながら中心に向かって集束し、眩《まばゆ》い装飾を持つ剣の形を成した。

星煌剣《せいこうけん》アークトゥルス。

それは勇者シグナが神に授けられた、人類の希望の聖剣。

決して持ち主を傷つけることはなく、かつ、どんな破壊の力にも傷つくことはない守護の力を持つ。

シグナが人々から勇者と呼ばれるに至ったのも、真に正義の心を持つ者でなければ触れることすらできないという伝説を持つ、このアークトゥルスを使いこなす騎士だったためである。

魔剣を手にした魔王と、聖剣を手にした勇者。

にらみ合っての呼吸はわずか三拍。地を蹴って猛然と斬りかかったのは、意外にもシグナの方だった。

対するバルバトスは悠然と構えてそれを待つ。戦場において、まるで「用事があるのならば貴様から出向いて来い」と言わんばかりの態度だ。

「はああっ！」

その傲慢を叩《たた》き切るべく、シグナは大上段から斜め下へと強烈に切り下げた。

アークトゥルスが攻撃よりも防御に優れた剣とはいえ、勇者シグナの剣術は人類に並ぶ者のいないレベルに達している。直撃を受ければ魔剣の刃がもたない。

悲鳴を上げる魔族の視線の先で、バルバトスは剣を斜めに構え、斬撃をいなした。

狙いを外したシグナの聖剣の切先は床にめり込み、そのまま広間の床に巨大な亀裂が走る。遠巻きにこの戦いを眺めていた魔族の群れが、慌てて二方向に避けるほどの長い亀裂だ。

「ふっ！」

今度はバルバトスが、シグナの首を狙って剣を下方より跳ね上げた。体勢の崩れたシグナは剣を構え直して受け止めることができない。

しかし、この一撃もまた決定打とはならなかった。シグナが自ら聖剣の刃を手で握って強引に引き寄せ、攻撃の軌道に割り込ませたからだ。

本来、そんな動きをすれば自分の剣で自分の指を切り落とす羽目になる。

決して持ち主を傷つけることはないという聖剣アークトゥルスの特性を活《い》かした、変則的な防御だった。

「ふん。聖剣の勇者が随分と邪道の剣術を用いるではないか！」

必殺の一撃を防がれた魔王は、忌々し気に嘲る。

「実戦的と言え。全てはお前を討つためだ！」

勇者は再び剣を振るう。

一撃、二撃、三撃と甲高い音を立てて刃が交差する。

切り結ぶ両者の力は拮抗《きっこう》し、やがて鍔《つば》迫《ぜ》り合《あ》いの形となった。

魔王バルバトス、勇者シグナ。

互いに一歩も退かない二人の戦士が間近で睨《にら》み合《あ》う。

ただ二人が剣を押し合っているだけで、余剰のエネルギーが宙を走り、床の絨毯《じゅうたん》は裂け、壁の装飾や照明までもが弾《はじ》け飛んだ。

「忌々《いまいま》しい奴《やつ》よ。余の城に傷をつけた罪は死をもっても償いきれんぞ、シグナ！」

「黙れバルバトス。貴様が今まで破壊した城がいくつあると思っている！」

「いちいち覚えておらん。容易《たやす》く壊れる城が悪いのだ！」

「ならばこの城もこれから悪い城にしてやる！」

ついには床全体に放射線状の亀裂が走り、広間そのものが激しく揺れ始めた。

同時に、二人の戦いを観戦する魔族たちの間にはざわめきが広がっていた。

「な……何だ？　おかしいぞ」

「魔王様のお姿が歪《ゆが》んで見えるような……？」

剣を押しあう魔王と勇者の姿が、まるで蠟燭《ろうそく》の炎のように不規則にゆらめいて見える。

全力の鍔《つば》迫《ぜ》り合《あ》いを続けながらもこの異変を察知したバルバトスは、小さく舌打ちをした。

「おい。聞け、シグナよ。余と貴様の力の衝突により、この場に何らかの異変が生じ始めている。このままでは取り返しのつかぬ事態を招くぞ」

「ならば退け、バルバトス。それで異変とやらも治まるだろう」

バルバトスはため息をつき、諭すような口調で語り掛ける。

「下らぬ駆け引きはやめる事だ、シグナよ。余が少しでも退けば、貴様はそれを好機と見てさらにこちらへ踏み込み、余へ致命の一撃を与えるつもりであろう？」

「それはこちらの台詞《せりふ》だ。舌先三寸でこちらの隙を狙おうとは、いかにも卑劣極まりない魔族らしいやり方じゃあないかバルバトス！」

「たわけ！　そのような姑息《こそく》な手段を使わずとも、余はこのまま実力で、一瞬で貴様に押し勝てるぞ！　ちょちょいのちょいなのだ！」

「ならば今すぐやってみせればいい！　できないんだろ！　できないんだろ！」

「は？　できるが？　できるが、ちょっと危ないから一応やめろと言っておるのだ！」

「そっちが言い出したんだからそっちがやめるのが道理だ！」

「うるさいわ、道理など知ったことか！　気が付かなかった貴様がやめろ！」

子供じみた罵り合いの最中にも、二者の放つ破壊の力は際限なく膨れ上がっていく。

もはや誰も立っていられないほどの勢いで床が揺れ、柱が軋《きし》んで悲鳴を上げていた。

このまま見守るべきか、王に加勢すべきかと右往左往する部下たちに、バルバトスは大声で指令を下した。

「総員、退避！　決着がつくまでこの城を出よ！」

その言葉を皮切りに、蜘蛛《くも》の子を散らすような勢いで魔族たちは広間を出て行った。

圧倒的な力の巻き添えを食う恐怖と、伝説となるであろう戦いの行く末を見届けたいという思いが、兵たちの判断を迷わせていたのだ。しかし、王の命令とあれば撤退せざるを得ない。

バルバトスの英断だ。

そうして、謁見の間には魔王と勇者だけが取り残された。

「ぬうううううう！」

「うおおおおおお！」

二人きりになってもなお、バルバトスもシグナも、力を緩めるそぶりは一切見せなかった。

周囲には激しく火花が散り、そこかしこから城の軋《きし》む異音が発生している。

「決着がつかないな、バルバトス。起源の力を解放したらどうだ！　僕はそれさえも捻じ伏せてみせる！」

「誰が貴様ごときを相手に見せるものか！」

バルバトスの怒気が目に見えるほどに膨れ上がった。

星煌剣《せいこうけん》アークトゥルス。ゲヘナの無音の歌。

互いに愛用の武器を手にし、シグナは上段に、バルバトスは逆に地にめり込むかというほど低く構えた。

そして、彗星《すいせい》を思わせる軌跡を描く斬撃と、紫の炎を纏《まと》った斬撃が激突した。

「おのれ勇者シグナ！　貴様にだけは絶っ対に負けけん！」

「バルバトス！　こちらこそ、お前だけには負けるかあああっ！」

それは争い合う二つの種族の代表としての矜持《きょうじ》か。

それとも、子供じみた負けけん気の発露か。

ぶつかり合う力によって音や光さえも捻じ曲がり、全てがぐちゃぐちゃに混ざり合っていく。

「ぬ……ぬおおおおおっ⁉」

「うわあああーっ⁉」

限界を迎えたのは魔王でも、勇者でもなく、二人のぶつかり合う空間そのものであった。

空中にまるで巨人が引き千切ったような巨大な裂け目が生じ、全てを飲み込んでいく。バルバトスとシグナもまた、身体《からだ》がどこまでも落下していくような感覚を味わいながら、その裂け目の中へと吸い込まれていった。

◆　◆　◆　◆　◆

大地を揺るがす轟音《ごうおん》と振動が唐突にやみ、城から離れて行く末を見守っていた魔族の兵たちは全員が呆気《あっけ》に取《と》られていた。

目の前に広がっている光景を信じられず、戦慄と共に疑問を口走った。

「城が……城が、消えた……⁉」

「ま、魔王様はどこへ……⁉　勇者は⁉」

ほんの一瞬前まで威容を誇っていたはずの魔王城が、完全に消《き》え失《う》せていた。

破壊によって吹き飛んだにしては唐突に、跡形も無く。

魔族の戦士たちは困惑し、ただ立ち尽くす事しかできずにいた。勝った、負けたという次元の話ではない。何が起きたのかさえ判断ができないのだ。

程なくして、魔王バルバトスと勇者シグナ消失の報《しら》せは瞬《また》く間《ま》に世界を駆け巡り、多大な混乱が生じることになる。

世界各地で行われていた魔族と人類の戦は、次々と中断された。互いに陣営の最高戦力を失い、計画が総崩れになったのだから無理もない。

魔族に至っては国の指針を失ったに等しく、とても戦争をしている暇などないという状況であった。

そして消失の原因については、様々な憶測が飛び交う事となった。

「絶対破壊の魔剣と絶対守護の聖剣、同時には成立し得ない二つの力のぶつかり合いが計り知れない相乗効果を生み出し、予想外の何かが起こり、二人はそれに飲み込まれてどうにかなったのだ」

名のある魔術師や学者でさえ、そんな根拠のない推論を述べるのが精一杯であった。

何の痕跡も残っていないのだから無理もない。

当然、二人の行方など誰にも分かるはずがなかった。

実際のところ、この時、魔王と勇者の二人はこの世界のどこにも居なかった。二人は生まれ育った地・ロッケンヘイムを遠く離れ、我々の良く知る場所へたどり着いていたのだ。

それも二人が戦っていた場所……魔王城ごと、である！

第一話　誕生、ロイヤルハイツ魔王城

魔王と勇者を失った世界・ロッケンヘイムは混乱の極みに達していた。

ではその頃、当の本人たちはどうしていたかというと。

「ぬううううう！」

「うおおおおお！」

明らかに何か異常な事態が発生したことを知覚しながらも、バルバトスとシグナの二人はいまだ魔王城の広間にて刃を交差し、鍔迫《つばぜ》り合《あ》いを継続していた。

更なる異変に気が付いたのは、二人同時だった。

「ぬうう……う？」

「うおお……お？」

部屋の揺れが治まると共に、二人が手にした魔剣と聖剣の輝きがみるみるうちに失《う》せ、出力が落ちていく。

バルバトスは思わず顔をしかめた。

「なんだ、これは。周辺の魔力量が減少しているというのか?」

バルバトスの魔剣は、大気、地表、さらには地下から供給される魔力を大量に消費して力を発揮する。シグナの聖剣もまた同様。

よって、ぶつかり合った結果、周辺の魔力を使い果たしたとしても不思議はない。

しかしそれは戦いが長期戦になった場合の話で、これほど短時間で魔力が枯れてしまうはずはないのだ。

「シグナ! 城の外で何かが起きている。確認し、余へ報告するがいい」

「ふざけるなバルバトス。僕はお前の部下じゃない、そんな義務があるか!」

「ならば余自身の目で確かめる。そこを退け」

「いや、だったら僕が確かめる。お前こそ退け」

「貴様が退け!」

「お前が退け!」

一歩も譲らない二人は、互いに剣を押し合ったまま真横に歩きだした。

後ろに下がれば負けを認めた気分になるが、横移動ならば膠着《こうちゃく》状態を継続できる。常識を超えた負けず嫌いのぶつかり合いが生み出した妥協案であった。

二人は蟹《かに》のように真横に歩きながら広間を出て、長い回廊を渡り、足早に階段を降りて城門へとたどり着く。

剣で手がふさがっているので、バルバトスはやむを得ず門の開閉レバーを蹴り飛ばして起動させた。

「行儀が悪いぞバルバトス！」

「余が自分の城をどう扱おうと、余の自由だ。黙って見ていろ！」

ぎぎぎぎぎ、と音をたてゆっくりと城門が左右に開いていく。

決して互いの挙動からは気を逸《そ》らさずに、バルバトスとシグナはちらりと外の様子に目を向けた。

そこには、二人が見たことも無い光景が広がっていた。

地面はまっ平らな灰色の大地で、道脇には整然と等間隔に樹木が並んでいる。要するに何の変哲もないアスファルトと街路樹だが、二人にとっては奇妙なものに見えた。

悠然と流れる川には鉄製の橋が架かり、その向こうには、背の高い色とりどりの建物がぽつぽつと見える。

城の周囲にはスマホのカメラを向ける野次馬が集まり、制服姿の警官が数名、その群衆が勝手に城に近づかないよう必死に押しとどめていた。

「……何だ、この場所は」

「僕が知りたい。世界中を旅して回ったが、こんな町を見るのは初めてだ」

「どうやら見知らぬ国という次元の話ではないな。これは」

バルバトスとシグナはどちらからともなく剣を下ろし、目に映る景色をつぶさに観察した。

「ふむ。ここから見える範囲でも、技術の発達方向が全く異なっているな。加えて、この魔力の薄さ……どう考えても、ここは余が生まれ育ったロッケンヘイムではない」

「どういう事だ?」

バルバトスは眉根を寄せ、眉間に指を当てた。考え事をする時の癖である。

「おそらく、次元転移か。理論上可能とされているが、未実現だった魔法技術の一つだな。余の魔剣一つでも空間を歪曲《わいきょく》するほどの威力はある。そこに貴様の余計な介入で別軸の捻《ね》じれが生じ、偶然にも実現したのであろう」

「……バルバトス」

シグナが微笑し、前髪をかき上げる。

「あまり難しい言葉を使うなよ。僕の脳が理解を拒む」

「自分の馬鹿さを決め台詞《ぜりふ》のように言うな」

バルバトスは、膨大な力の激突の結果として魔王城が異なる世界へ転移したこと、そしてこの世界に魔力が乏しいために魔力の減少が起こったということを、たとえ話などを交えて分かりやすくシグナへ説明した。

「貴様の責任だぞ、シグナ」

瞬《まばた》きを繰り返し、口をぽかんと開けて話を聞いていたシグナは、バルバトスの絞り出すような怨嗟《えんさ》の声にぎょっとした。

「なぜ僕の⁉」

「余は警告したであろう。このまま力をぶつけ続ければ、恐るべき事態を招くと！」

「そ、それは言ったかもしれないが！　結局止《と》める努力はしなかったじゃないか！」

「なんという阿呆《あほう》！　この期に及んで余に責任を転嫁《てんか》しようというのか？　貴様はこの愚行の責任を取って直ちに自害せよ」

「この場合の責任はせめて折半だろう！　一人で逃げるなよ！」

「ええい、もういい。言い争っていても埒《らち》が明かん。次元転移した状況を再現し、ロッケンヘイムへ戻らねば……構えろ、シグナ」

言うが早いか、バルバトスは魔剣を握り直し、奥義《おうぎ》の構えを取る。

「お、おお……望むところだ！」

シグナもまた、言われるがままに聖剣を構え直す。

「ぬうあああああ！」

「うおぉおおおおお！」

天地を揺るがす必殺の一撃同士が再び激突した。

が、しかし。

「ぬ……？」

「ん……？」

二人は違和感に顔を顰《しか》め、一度間合いを離した。

剣の交差は周囲に衝撃波を生んだものの、その規模は小さく、魔王と勇者の全力の激突にしてはあまりに慎《つつ》ましいものだったのだ。

「シグナ、何をしている貴様！　露骨に手を抜くな、それでも勇者か！　背筋を伸ばして大きく息を吸え！」

「う、うるさいバルバトス。お前こそ何だ、その萎《しぼ》んだ風船みたいな攻撃は！　魔王らしくないぞ⁉」

罵り合いながらも二人は二度、三度、と激突を繰り返す。

しかし、何度ぶつかっても変化はない。むしろ、繰り返すたびにどんどん技の威力が落ち、勢いが無くなっていく。

疲弊したバルバトスは、肩で息をしながら現状を分析した。

「い、いかん……この世界は魔力が薄すぎる！」

「と、いうことは？」

「どうあがいても先の攻撃と同等の威力が出んのだ！　これでは、どうやって元の世界に戻ればよいというのだ⁉」

原理不明のまま転移してしまった以上、元の世界に戻るためには状況を同じくして再試行するしかない。

しかし、この世界では同じ状況を作り出すことが不可能なのだ。

「そんなこと、この僕が知るか！　僕は難しい事は考えずに生きてきた！　これからもそうやって生きていく！」

「思考放棄か！　理解に努めることすらできんとは、貴様の知能はもはや獣と変わらんな！」

喧々囂々《けんけんごうごう》とした言い合いが始まった。

未知の言語で言い争いを始めたシグナとバルバトスを前に、城の前に集った警官たちは顔を見合わせていた。

空き地に突然城が出現したという奇怪な通報を受け、悪戯《いたずら》を疑いながらも現場に着いてみれば、そこには確かに城が屹立《きつりつ》している。

その時点で警官たちは混乱していたが、突然城の門が開いて刃物を持った二人組が言い争いながら登場した。しかも一人は頭に角を生やし、もう一人は甲冑《かっちゅう》を着込んでいるのだ。

「一体、何が起こっているんだ……」

様々な事態を想定して訓練を重ねている警官たちにとっても、この状況はあまりにも想定外過ぎた。

そのせいか警官たちは、群衆の中から抜け出し、ずかずかと歩いて通り過ぎるブレザー姿の少女と、それに付き添う老婆を見過ごしてしまった。

「そ、そこの二人！　待ちなさい！　危険だから下がりなさい！」

慌てる警官の呼びかけを意にも介さず、少女は真っすぐにバルバトスとシグナへ歩み寄っていく。老婆はやや戸惑いながらもそれに付き従っていた。

「責任者は誰？」

言い争う魔王と勇者に向かって、少女が怒りも露《あらわ》に問いただした。

「ぬ……？」

シグナを罵倒するために脳をフル回転させていたバルバトスは、そこでようやく近づいてきた少女に目を向けた。

人目を引く容姿の少女だった。

艶のあるミディアムロングの髪に、すっきりと鼻筋の通った顔立ち。

背はさほど高くなく、体つきもややほっそりしているものの、ぴんと背筋の伸びた立ち姿は美しく、か弱そうには見えない。

それどころか、澄んだ声と力強い目つきが相まって、まるで冬の寒さの中でぱっと咲いた花のような華やかな印象を与える。

一方、隣に立つ老婆はにこにこと柔和な笑みを浮かべていた。

髪は白髪で、身長は少女よりもさらに低いが、顔つきから人の良さがにじみ出るような、温かみを感じさせる人物だ。

「おい、バルバトス。この子に何か問いかけられているようだが、何を言っているか分かるか？」

シグナにこそこそと耳打ちされたバルバトスはわずかな時間黙考し、やがてごく短い詠唱と共にぱちんと指を鳴らした。

「灰の目の乙女が紡《つむ》ぐ言の葉を、白き腕にて疾《と》く抱き寄せよ……『交感結索《こうかんけっさく》』」

バルバトスが唱えたのは、言葉に込められた意思を読み取るための魔法。誰でも言語の壁を超えて会話が可能になる。

「このお城の、責任者は、誰？」

少女はそう繰り返し、バルバトスとシグナを交互に睨《にら》みつける。バルバトスは少女の方に向き直り、ゆっくりと威厳を持って告げた。

「責任者……ということになれば余であろうな。こちらの人間は、記憶する必要もない羽虫の如《ごと》き存在。余こそがこの城の主、魔王バルバトスだ」

「雑な紹介をするな！　僕はシグナ。人は僕を、勇者シグナと呼びます。人類の自由と平和を守護するために戦っています！」

少女は二人の返答に怪訝《けげん》そうな顔をしたものの、それは今問題ではない、というように首を横に振り、言葉を続けた。

「じゃあ、バルバトスさん。どうやったのか知らないけど、この城をこの場所から退けてください。勝手にこんなもの建てられたら困るんです」

「まあ待て、小娘よ」

「待てません」

少女の返答にバルバトスは一瞬ぴくりと眉を引《ひ》き攣《つ》らせたが、あくまで冷静を保ち、余裕を見せつけるようにくっくっと低く笑う。

「そう怒る事もあるまい。異界の者に理解できんのも無理はないが、魔族の王たる余の城がこの地へと降り立ったのだ。これは非常に名誉のあることなのだぞ」

「そんな名誉、要りません。今すぐお引き取りください」

「ぬうっ⁉」

ぴしゃりと言い切られ、バルバトスは口籠った。

少女の剣幕には謎の迫力がある。

「結亜《ゆあ》ちゃん、そんなに怒らなくてもいいじゃないの」

老婆が止めに入っても、結亜《ゆあ》と呼ばれた少女の勢いは収まらない。

「この土地には、おばあちゃんがマンションを建てる計画があるんです。勝手にお城なんか建てられたら迷惑なんです」

結亜《ゆあ》がバルバトスの眼前に突きつけたファイルの表紙には「ロイヤルハイツ花王町《かおうちょう》　建設計画」という文字が記載されている。

「し……しかしだな、余とて、望んで城をこの地に移したわけではない。それを考慮してもらわねば困る」

「あなた魔王とか言ってるけど、自分の国に勝手に誰かがお城を建てても、わざとじゃないから仕方がないといって済ませるの？」

「それは許せん。八つ裂きにしても足りぬ無礼だ」

「じゃああなただって許されないでしょ」

「ぐ……む……！」

バルバトスの背にじわりと汗がにじむ。

驚くべきことにバルバトスは、目の前の少女から、勇者シグナを相手にした時ですら感じなかった巨大なプレッシャーを感じ取っていた。

「はっはっは！　君、結亜《ゆあ》さんといったかな？　素晴らしい。何物をも恐れず勇敢に立ち向かう、人間の強さを体現するような存在だ！　勇者である僕のように！」

シグナが高笑いをしながら会話に割り込むと、結亜《ゆあ》はそちらにも険しい目を向けた。

「すみません、今取り込み中なのでちょっと黙っていてもらえますか」

「あ、はい、すいません」

何物をも恐れない勇者は、一喝されてすごすごと引っ込んだ。

入れ替わるように、バルバトスが前に進み出て咳払《せきばら》いをする。

「ん、んん。結亜《ゆあ》とやら。先ほども述べたが、余とてこの地に城を構えたのは本意ではないのだ。手段さえ確保できれば、急ぎ元の地へ戻るつもりだと言っておこう」

「それはいつになるの？」

結亜《ゆあ》が一歩バルバトスに詰め寄り、バルバトスは思わず視線を明後日《あさって》の方向へ逸《そ》らす。

「まあ……あれだな。可及的速やかに……人事を尽くし、善処する方向でだな」

まるで不正を告発された政治家のような、煮え切らない回答。当然、そんな態度で追及の手が緩むことはない。

「具体的に、何日後？」

「結亜《ゆあ》ちゃん、そんなに勢いよく詰めるものじゃありませんよ。バルバトス……さんという方も、困ってらっしゃるようだし」

結亜《ゆあ》を宥《なだ》めに入る老婆を救いの糸と見て、バルバトスは思わず縋《すが》りついた。

「おお、少しは話の分かる人間も居るではないか！　貴様の名は？」

「あら、これは失礼。私、神代京子《かみしろきょうこ》と申します」

名乗った後、京子《きようこ》は深々とお辞儀をする。

「ほら、聞け。京子《きようこ》もこう言っているではないか！」

「おばあちゃんを呼び捨てにしないで」

「きょ、京子《きようこ》さんも、仰《おつしや》っているではない……か……」

引きつった笑顔で穏当な会話を続けていたバルバトスだが、その様子を目の当《まあ》たりにしたシグナが思わず笑い声を漏らした。

「ふふっ」

「何がおかしい貴様ァアアアア！」

瞬間、バルバトスは絶叫し、その両目から魔力の発光が漏れ出した。

周囲に無数の火花が散り、地面に亀裂が走る。いずれも、噴出したバルバトスの怒りが招いた異変だ。

「な、何？」

「あらまあ。バルバトスさん、目が光ってるねえ」

「し、しまった……お二人とも、下がってください！」

結亜《ゆあ》と京子《きようこ》が後ずさり、シグナがそれを庇《かば》うように前に立つ。

遠巻きに眺めていた群衆からも悲鳴が上がり、警官の一人が大声で呼びかけた。

「やめなさい！　おい、何をしているんだ⁉　やめなさい！」

「やかましい！　煉獄《れんごく》の罪を洗うは忘れじを流す彼岸の緑《みどり》なり！『レテの氾濫』！」

　怒号のような詠唱と共にバルバトスが指を向けると、急に無表情になった警官は無線で連絡を始めた。

「こちら、異常ありませんでした。はい。勘違いです。応援は必要ありません」

　バルバトスが唱えたのは、「自分への興味・関心を失わせる」という精神操作魔法の一種だ。一度でも会話をして面識が出来てしまった相手には効かないが、この状況においては劇的に効果があった。

　警官たちも、群れ集まっていた観衆も、皆突然興味を失《な》くしたように散り散りになっていく。

「なんか焦《あせ》って見に来たけど、何もなかったな」

「喫茶店でも行くかあ……」

「ねえ、私買い物の途中だったよね？　なんでこんなとこ歩いてたんだろ」

　あっという間に、城の前には四名だけが取り残される形となった。

「まさか……この人、本当に人間じゃないの……？」

　ようやくバルバトスを魔王として認識した結亜《ゆあ》が、少し青ざめた顔で呟《つぶや》く。異世界から来たなどという荒唐無稽な話も、こうして目の前に異様な力を示されれば信じざるを得ない。

「勝手の分からぬ異世界で大人しくしていれば、人類ごときが調子に乗りおって。今すぐ絶滅させてやろう！」

怒り心頭のバルバトスが吼《ほ》えると、シグナの額に汗が浮かぶ。

「気を付けてください。こいつは本気です！」

「あら、大変だこと」

「何、それ……」

どこまでものんびりした京子《きょうこ》のリアクションとは対照的に、結亜《ゆあ》はこぶしを握り締めて反感を露《あらわ》にした。

先ほどまでの怯《おび》えは消え、挑みかかるような顔つきになっている。その目は真《ま》っ直《す》ぐにバルバトスを見据えていた。

「理屈で勝てないからって、暴力に訴えるの？」

「訴えるとも！　この世界の人類は貴様らの態度が原因で滅びるのだぞ、罪の重さに震えるがいい！」

「まるで癇癪《かんしゃく》を起こした子供だな」

シグナがぼそりと呟《つぶや》いた言葉が、バルバトスの怒りの火に油を注いだ。

「貴様にだけは絶対言われたくないわシグナ！　度《ど》し難《がた》い人類の代表として、まず貴様から滅ぼす！」

その言葉にシグナは口角を上げ、再び剣を構えてバルバトスと対峙《たいじ》した。

「そうか。ならば僕は、勇者としての使命を果たすまでだ」

人類の命運を賭けた戦いが、異世界ロッケンヘイムより日本の東京都に舞台を変えて再開されそうになった、その時であった。

「まおー……」

場違いな、甘ったるい声が響いた。

一同が思わずそちらに視線を向けると、開けっ放しになっていた城門から、ふわふわした髪の小さな少女が目を擦りながら顔をのぞかせている。

少女はパジャマの上にオーバーサイズの外套《がいとう》を引っかけた格好で、ふらふらと頼りない足取りでこちらへ歩いてくる。

その姿を確認したバルバトスが驚愕《きょうがく》に目を見開き、叫びを上げた。

「ネフィリーーーーッ！」

魔剣をその場に放り捨てて全速力で駆けたバルバトスは、少女の前に両膝で滑り込んで停止する。

「何という事だネフィリー、お前も共にこの世界に来てしまったというのか！　何故《なぜ》余の命令を受けて城から避難しなかったのだ⁉」

「ネフィリー、寝てた……」

ほわほわ、と口元に手をあててあくびをするネフィリーを前に、バルバトスは自分の額を叩《たた》

いて天を仰ぐ。

「……迂闊《うかつ》！　そうか、ネフィリーはちょうどお昼寝の時間であったか！　そのような時間にシグナを城へ招き入れてしまった余の責任だ！」

「まおー、ケンカしてたの？」

「まさか！　誰もケンカなどしていないぞ、平穏そのものだ。ちょっと煩《うるさ》くしてすまなかったな」

「ん……ネフィリー、まだねむい」

言いながら、ゆっくり瞬《まばた》きを繰り返すネフィリーの体は徐々に斜めに傾いている。

「構わぬ、構わぬぞ。余がベッドまで運んでやろう」

バルバトスがネフィリーを抱き上げて振り返ると、呆気《あっけ》にとられたシグナ、そして結亜《ゆあ》と目が合った。

「何だ。何か文句があるのか」

「いや……」

「別に……」

ネフィリーをしっかりと胸に抱いたバルバトスの表情は、つい先ほどまで人類を滅ぼすと息巻いていたのと同一人物とは思えないほど穏やかになっている。

「少し、驚いただけだ。まさか、城の中にそんな小さな子供が居るとは」

シグナもさすがに子供を抱えた相手に剣で切りかかるわけにはいかず戸惑っていると、バルバトスは微睡《まどろ》んでいるネフィリーの頭を撫《な》でながら背を向けた。

「おい、どこへ行くバルバトス！」

「大声を出すな、馬鹿め」

バルバトスが口の前で人差し指を立て、囁《ささや》き声《ごえ》で注意する。

「ネフィリーがおねむなのだ、寝かしつけねばならん。貴様らも一旦中へ入れ。話す事がある」

言うだけ言ってさっさと城の中へ引き上げていく魔王の背を見送り、結亜《ゆあ》は困惑の表情を浮かべている。

「え……？　え、何？　人類滅ぼすとか言ってたのは、もういいの？」

「とりあえず、お招きに預かりましょうかね」

京子《きょうこ》はあくまでマイペースで、にこにこしながら石段を上がって城の中へと入っていく。

「ちょっと待っておばあちゃん！　危ないから！」

「二人とも待って！　僕の、僕の後ろに付いてください！　ここは勇者である僕に任せて！」

慌てて後を追う二人が城の中へ入ると、城門は轟音《ごうおん》を立ててひとりでに閉まった。

◆　◆　◆　◆　◆

天蓋付きのふかふかしたベッドにネフィリーを寝かせると、バルバトスは城内の一室に結亜《ゆあ》たちを案内した。

「バルバトス。さっきの子は、お前の子供なのか？」

「違うわ、たわけ。ネフィリーは故あって余が面倒を見ているだけだ」

「それは良かったよ。魔王のお前に跡継ぎが居たとあっては一大事だからな」

バルバトスはそこでひとしきりシグナとにらみ合ったが、やがて部屋の中央にある長机の前の椅子に腰かけ、対面の椅子をぞんざいに指で示した。

「掛けよ」

命令口調に苛立《いらだ》ちながら、シグナはしぶしぶ言われた通りに椅子へ着く。結亜《ゆあ》と京子《きょうこ》も、なんとなくバルバトスの側に付くのを避けてシグナの隣に着席した。

「さて。この世界がどれほどの広さがあるのか、どれほど人間が住んでいるのか、余は知らぬが。何日かかろうと人類など根絶するつもりであった」

「そうはさせるか！」

「いいから最後まで聞け。……ネフィリーがこちらへ来ているならば、話は別だ」

神代結亜《かみしろゆあ》、神代京子《かみしろきようこ》、そしてシグナの三名を前にして、先ほどまでとは打って変わり、バルバトスはまるで商談に臨むビジネスマンのような態度で話し始めた。

「ネフィリーの面倒を見なければならぬ以上、何日も城を留守にはできん。よって、人類の殲《せん》滅《めつ》は保留。この土地に余の城を置く許可を貰《もら》いたい」

急激に態度の変わったバルバトスに面食らいながらも、結亜《ゆあ》はおずおずと話し始める。

「そんな事言われても、本当に、ここにお城を建てられるのは困るの。おばあちゃんはここにマンションを建てる予定で、もう業者さん選びもしてて……今日だって、私はその説明の付き添いで来たんだから」

結亜《ゆあ》が先ほど手にしていた「ロイヤルハイツ花王町《かおうちょう》　建設計画」の資料を再び机の上に出す。

「結亜《ゆあ》とやら。貴様はただの付き添いなのだな」

「まあ、そうだけど……」

結亜《ゆあ》がムッとした表情を作ったが、バルバトスは意にも介さず喋《しゃべ》り続ける。

「ここが京子《きようこ》さんの所有する土地なのであれば、用途を決定するのも京子《きようこ》さんではないか。分をわきまえよ」

それなりに筋の通った意見だが、これには当の京子《きようこ》から反論が出た。

「いえいえ、お恥ずかしい話だけれど、私はどうも契約とか手続きとか、そういうのが苦手でねえ。結亜《ゆあ》ちゃんが居ないと話を進めるのが難しいのよ」

「むう……そうなのか？」

「そう。おばあちゃん、前にも一度変な業者に騙《だま》されかけたことがあるんだから」

「本当に契約っていうものが苦手でねえ、出来ればこの世から契約というものを全て滅ぼしてしまいたいとさえ思っているのよ」

「おい、大丈夫なのかこいつは」

「思想が危険すぎる……！」

急に過激な事を言い始める京子《きようこ》に、魔王と勇者でさえ若干たじろいでいる。

「ま、まあ、おばあちゃんにはこういう多少極端なところもあるし……私がついている必要があるの！」

その弁解を聞いて、バルバトスは一つ腑《ふ》に落ちた。

結亜《ゆあ》のやたらと挑みかかってくるような態度は、元々の気質もあるのだろうが、祖母が騙《だま》されて不当な契約を結ばされそうになったという経験が過剰な警戒に繋《つな》がっているのだろう。

（ならば、この京子《きようこ》さんに不利益が無い形で交渉を進めれば丸め込めるかもしれんな……）

バルバトスの目が怪しく細まった。

「一つ尋ねるぞ。そのマンションとやらは、どういう施設なのだ？」

「どうって……たくさんの人が住む場所、って言えばいいのかな」

「共同の居住施設か。ならば、問題はないな」

咄嗟《とっさ》に閃《ひらめ》いた妙案に、バルバトスは不敵に微笑《ほほえ》んだ。

「こうしよう。余の城を、マンションとして提供する」

「は……？」

「へ？」

「あらあら」

結亜《ゆあ》とシグナが、ぽかんとして口を開けた。京子《きょうこ》は事の重大さを理解しているのかいないのか、小首をかしげている。

「聞こえなかったのか？　余の城を、マンションとして使えばよいのだ。それならば建築費用もかからず、立ち退きも不要であろう。名称は『ロイヤルハイツ花王町《かおうちょう》』ではなく、さしずめ『ロイヤルハイツ魔王城』といったところだな」

「何を馬鹿な事を言っているんだ、お前は……そんな事が許されるはずないだろう」

シグナが呆《あき》れ顔《がお》でため息をつき、首を横に振る。

「許す、許さないは貴様が決める事ではないぞシグナ。京子《きょうこ》さん、どうだ？」

「そうねえ……持っている土地に、マンションじゃなくてお城が建っているっていうのもなかなか素敵かもねえ」

「おばあちゃん⁉」

うっとりとした目つきで夢想を始める京子《きょうこ》に、結亜《ゆあ》が慌てた。

「駄目だよ、騙《だま》されないで！　絶対何か裏があるでしょ！」

「そ、そうだ！　魔族に騙《だま》されてはいけない！　勇者としてもお勧めしません！」

咄嗟《とっさ》にシグナも加勢するが、バルバトスは形勢逆転と見て完全に余裕を取り戻している。

「何か裏、とは何だろうか……騙《だま》すとは、具体的に何をどうする事なのだ？　根拠も無く憶測で物をいうのはやめていただこう」

肩を竦《すく》め、魔王が魔王然とした邪悪な笑みを浮かべる。

「余としても、これは互いの問題を解決するための苦肉の策。多少の損は甘んじて受け入れようというのだ。信じてもらえぬかなぁ、くははははは」

「限りなく胡散臭《うさんくさ》いんだよ、お前の笑い方は！」

「私も信用できない！」

「そうは言ってもねえ、シグナさん。結亜《ゆあ》ちゃん」

激しい剣幕でバルバトスに食ってかかるシグナと結亜《ゆあ》に対し、京子《きょうこ》は人の良さそうな微笑《ほほえ》みを絶やすことなく、おっとりと語る。

「このお城もバルバトスさんにとっては大事なものなわけでしょう。簡単に壊して退《ど》かしてしまうより、有効に使う事を考えた方がいいんじゃないかねえ」

「それは……まあ、そうかもしれないけど……」

祖母の説得に心揺れ始めた結亜《ゆあ》を目にし、シグナが慌てふためいた。

「まっ、待て待て！　冷静に考えてください！　魔王の誘いに耳を傾けるなど、あってはならないことだ。必ず破滅を招きますよ！」

「黙れ、シグナよ。先ほどから聞いていれば、貴様は対案も出さずにあれも駄目、これも駄目と文句を言っているばかりではないか。建設的な態度とは言えんな」

「う、うるさい！　よく分からないが駄目なものは駄目だ！」

半泣きになって拒絶するシグナにはもはや目もくれず、バルバトスは京子《きょうこ》のみにターゲットを絞って畳み掛ける。

「無論、建物や住人の管理は余が責任を持って行う。土地を利用する許可のみを貰《もら》えれば良いのだ。損はなかろう？」

「そうねえ……」

もはや八割がた心は決まったように見える京子《きょうこ》に、勝利を確信したバルバトスが密《ひそ》かにニヤついたその時だった。

「待った！」

「……何だろうか？」

会話に割り込んだ結亜《ゆあ》に対しても、バルバトスは努めて紳士的に振舞う。

「やるとしても、何か目標を設定する必要があると思う。マンションやってみたけど結局できませんでした、あとは知りません、じゃ困るもの」

「まあ、それは確かにそうであろうな」

真っ当な指摘だった。

取引を成立させるためには、ここで最後の一押しが必要となる。バルバトスは眉間を指で揉《も》み、考えを巡らせながらしゃべり始めた。

「……この魔王城は元々我が軍の兵舎を兼ねている。居住用の部屋ならば、この部屋と同じ広さでざっと90戸は用意できよう」

「そんなにあるんだ」

90戸もあれば、マンションとして十分に成立する。

「この部屋と同じなら80平米くらい……？　元々のマンションの計画とあんまり変わらない……っていうか、もしかしてこっちの方が割がいいかも？」

結亜《ゆあ》が早速、スマホの画面をタップしてぶつぶつ呟《つぶや》きながらざっくりとした試算を始めているのを横目に見ながら、バルバトスは人差し指を立てて提案する。

「そこで条件だが。余が一ヶ月以内に、その90戸の部屋全てに契約した住民を住まわせる。というのはどうだろうか？」

「一ヶ月で⁉」

驚いて目を丸くする結亜《ゆあ》に、バルバトスは満足げな顔を作った。

先のやり取りでは剣幕に押されっぱなしだったが、今は完全にペースを握っている。これならば、魔王の面目も保たれるというものだ。

「……できなかったらどうするの？」

「できなければ、その時は仕方があるまい。最悪この城を取り壊して大人しく撤去してやるわ」

なんとか話の粗を見つけようとするシグナが、肩を怒らせて即座に食いついた。

「分かった。さてはお前、嫌がる人々を無理やりこの城に閉じ込めるつもりだな！　それで条件を満たしたと嘯《うそぶ》く……魔族のやりそうな事だ！」

「馬鹿め。そんな事をするわけがあるまい」

「口だけなら何とでも言えるぞバルバトス！」

「口だけで済ますつもりなどない。魔王バルバトスの名にかけて、この魔王城に住まう者たちには一生上質で豊かな暮らしを約束してやろう。これは正式な契約だ」

バルバトスは卓上の羊皮紙を一枚手に取り、指を噛《か》んで血を垂らした。

「照覧は無限の眼《まなこ》。記述せよ、三十六の翼の下に。『誓約書記、ミトラスの筆』」

詠唱と共に滴《したた》り落《お》ちた一滴の血が生き物のように這《は》い、その這《は》い痕に文字を残し、文を綴《つづ》っていく。

既にバルバトスの魔法によって未知の言語でも意味を理解できるようになっている結亜《ゆあ》と京子《きょうこ》にも、その文章がバルバトスの発言と同じであることが読み取れた。

つまり『魔王バルバトスは、魔王城に住まう者たちに一生上質で豊かな暮らしを約束する』という契約文書だ。

不気味な筆記が終わると、バルバトスは書面下部の空いたスペースを指し示し、卓上の羽根ペンとインク壷《つぼ》を引き寄せて置いた。

「京子《きょうこ》さんよ、ここに署名するがいい。それで契約は完成し、余はその記述を守らねばならないのだ」

「ちょっと待った！　よく見せてくれ。僕には偽《にせ》の契約を見破る方法がある！」

シグナが椅子から立ち上がり、京子《きょうこ》の前に置かれた契約書を手に取った。

「神権拝領。我が信に応え、奇跡をここに示し給《たま》え……『神眼アルタイル』！」

眩《まぶ》しい光の輪《わ》がシグナの頭上に生じ、集束して、メタルフレームの眼鏡のような形になって装着された。

神眼アルタイルはあらゆる嘘《うそ》を看破し、契約の真偽や美術品の真贋《しんがん》判定、幻覚の無効化までもが可能な奇跡の神具である。

シグナは意気揚々と文書を隅々まで眺め、しかし、すぐに落胆する羽目になった。

「た、確かにこの契約は有効のようだ……」

そこになんの不正も読み取れなかったらしい。

シグナが契約書を置いてすごすごと引き下がると、京子《きょうこ》は迷わず羽根ペンを手に取った。

「ちょっと待って、おばあちゃん！」

心配そうな顔で見守る孫娘に対し、京子《きようこ》はにっこりと笑顔を返す。

「大丈夫でしょう。私は契約とか書類は苦手だけれど、人を見る目は確かなつもりだからね」

「それ、まったく同じこと言ってこの前詐欺に引っ掛かりかけたよね⁉」

「この前は、この前。今回は今回ですよ」

言うが早いか、京子《きようこ》はさらさらと達筆な字で自分の名前を書き記し、契約書をバルバトスへ手渡してしまった。

「はい、よろしくお願いしますね」

「うむ。契約成立だな」

「ちょっと待った！」

満足げに契約書を持ち上げて眺めるバルバトスに、激しい声がかかる。

「くどいぞ。まだ何か文句があるのか、シグナ」

額に汗を浮かべたシグナがバルバトスに人差し指を突きつける。

「その契約は確かなものかもしれない。しかし、僕はお前を信用していないぞ。何か裏があるはずだ！」

「そうかそうか。構わんぞ、部外者は勝手に疑っておれ」

余裕たっぷりのバルバトスの右の掌《てのひら》に契約書が吸い込まれ、不思議な紋様となって残った。

契約を破れば、罰としてこの印がバルバトスに苦痛を与えるのだ。

「部外者になってたまるものか。どうしても、お前がこの城をマンションにすると言うなら」

シグナは一度言葉を切り、俯《うつむ》いた。そして、決意を新たにするように顔を上げた。

「僕も、住む！」

「何？」

今度はバルバトスの顔が引きつった。

「僕がこの魔王城に住み、お前を監視すると言っているんだ。勇者であるこの僕が見張っている限り、お前が何を企《たくら》んでいようが未然に阻止できる。この世界の人々の平和な暮らしは、僕が守護する！」

「馬鹿めが。そんなことを余が許可するとでも思っているのか」

シグナはバルバトスを無視し、京子《きょうこ》の方へ向き直る。

「いいですよね？」

「はい、いいですよ」

「ぬおっ⁉」

京子《きょうこ》があっさりと許可を出してしまった。この場の力関係からいって、バルバトスにそれを取り下げることは出来ない。

「おのれ……業腹《ごうはら》だが、貴様が入居者第一号というわけだなシグナ。好きな部屋を選ぶがいい」

　苦虫を噛《か》み潰したような顔ではあるものの、バルバトスは早速管理人としての仕事を全うしようと努めていた。

「そうするさ。ついでに、城に仕掛けられたトラップの数々も処分させてもらうぞ」

「トラップ……？」

　聞き捨てならない不穏な単語に、結亜《ゆあ》が表情を硬くする。

「ちょっと待って、この城、そんなもの仕掛けてあるの？」

「いや、それは……防犯上必要ではないか。侵入者を惨殺《ざんさつ》する仕組みが」

　慌てるバルバトスに顔を近づけ、シグナは爽やかに微笑《ほほえ》んで見せる。

「不要なものだよ。上質で豊かな暮らしのためには」

「ぬうう……！」

　何も言えずシグナの後ろ姿を見送った拍子に、バルバトスは窓から差し込む日が弱まっていることに気が付いた。

　西の空が、オレンジから紫へのグラデーションを描き始めている。

　マンションの経営に関する具体的な話はまだ何もできていないが、時刻は午後六時を回っていた。

「うわ。いつの間にか、もうこんな時間になってたんだ」

結亜《ゆあ》がそそくさと立ち上がり、帰り支度を始める。

「なんなら、試しに一泊していってもらっても構わぬが？」

バルバトスが皮肉っぽい笑みを浮かべて提案すると、京子《きょうこ》が目を輝かせた。

「それも面白そうねえ。どうしようか、結亜《ゆあ》ちゃん」

「いや、帰るでしょおばあちゃん。話はまた明日だよ」

少し名残惜しそうな京子《きょうこ》の背を押し、結亜《ゆあ》は正門へと来た道を戻る。バルバトスはそれに付き添い、門の開閉レバーを手で押し上げた。

耳障《みみざわ》りな音を立て、魔王城の門が開く。去り際に結亜《ゆあ》は振り返り、念を押すように宣言した。

「言っておくけど私、まだあなたのこと信用したわけじゃないからね」

「結構だ。元より信用とは時間をかけて育まれるもの、一朝一夕に築けるとは思っていない」

まるで予想していたかのようにすらすらと返答するバルバトスをいっそう怪訝《けげん》そうな目で見て、結亜《ゆあ》は引き上げていった。

「……そうだ。信用を得なければ。今のところは、な」

バルバトスが一人呟《つぶや》いた言葉は、誰にも聞かれることは無かった。

◆　◆　◆　◆　◆

聖剣の一閃《いっせん》が、炎を吐く影像を両断する。続けざま、鉄製の矢を吐き出す壁を叩《たた》き割《わ》り、中の発射装置を破砕する。

「……僕は騙《だま》されない。あのバルバトスが、大人しく人間との共存なんて選ぶはずがない」

魔王城に無数に仕掛けられたトラップを、勇者が一つ一つ無力化していく。

「人を守る。勇者として、為《な》すべきことをする……僕にはその義務がある」

横から高速で迫ってきたギロチンの刃を見もせずに切り払ったシグナの表情は、生き生きと輝いていた。

◆◆◆◆◆

陽が落ち、入れ替わりに月が上る。

月明かりに照らされる魔王城は昼よりも一層おどろおどろしく、背筋を凍り付かせるような不穏な気配に満ちている。

「……くくくく」

今、その不穏な気配に相応《ふさわ》しい笑いが、城内の一室に響いていた。

「くっはははははははは！　この魔王バルバトスが、人間と契約を交わして大人しく共存するとでも思っているのか？　舐《な》められたものよな！」

バルバトスは豪勢な玉座に腰を下ろし、眉を寄せて眉間に指を当てた。

「魔力に乏しいこの地で、脆弱《ぜいじゃく》な人間一人一人の持つ魔力などたかが知れている。だがしかし、それでも。一か所に大量にかき集めて燃やし尽くせば相当な量になろう」

バルバトスは目を閉じ、再度の試算を始める。

城内の居住可能な部屋が90戸。その全てに人間が住まうならば最低でも90名、家族連れを含めればそれを超える人間が集まるだろう。

そうして集めた人間を生贄《いけにえ》の儀式に捧《ささ》げれば、膨大な魔力を生み出すことが可能になる。

「うむ、行ける。計算上、余とシグナが再び全力を振るうための魔力に届き得るぞ」

シグナに明かせば反対されるだろうが、むろん馬鹿正直に伝えるつもりは無い。

密《ひそ》かに準備を進め、取り返しのつかない事態に追い込み、シグナがその力をも使わざるを得ない状況に持ち込む、というのがバルバトスの考えであった。

『魔王城に住まう者たちに一生上質で豊かな暮らしを約束する』と、バルバトスは契約の書面に書き記した。

しかし一生とは、命ある限りという意味。その命をバルバトスが奪わないなどという約束はしていない。

「その時まではせいぜい、余がこのロイヤルハイツ魔王城を統治するとしよう。良き管理人として……な。くはははは」

魔王は笑う。

己の計画の成功を確信し、何も知らない敵の愚かさを嘲笑《あざわら》う。

夜の闇の中で、その笑い声はどこまでも響いていくようであった。

こうして、異世界から漂着した城の仮の役割として。

また、魔王の秘密の企《たくら》みの装置として。

マンション、ロイヤルハイツ魔王城は誕生したのであった。

第二話　就任早々大清掃

東京都江東区豊洲《とよす》。川の流れにほど近く、心安らぐ景観と都心の利便性を併せ持つ土地に、景観に馴染《なじ》まない異様な建築物が立っている。

高く聳《そび》える四つの尖塔《せんとう》と強固な二重の城壁を持ち、怪物を模した浮き彫りが不気味な空気を漂わせる巨大な城。

異世界から転移してきたその城は、様々な事情により、この日本でマンションとして生まれ変わろうとしていた。

その名を、ロイヤルハイツ魔王城という。

今、その城門付近には看板が立てかけられ、「ロイヤルハイツ魔王城　入居者募集中」とおどろおどろしい書体で書かれていた。

しかも、赤黒い塗料で。

神代結亜《かみしろゆあ》は呆《あき》れ顔《がお》でその看板を眺めながら正門前に立つ。

すると程なくして、轟音《ごうおん》を立てながら巨大な門がゆっくりと開いていく。城主が門の前に立つ者を確認し、遠隔で開閉を行っているのだろう。

ずり落ちてきたショルダーバッグを一度肩にかけ直し、結亜《ゆあ》は城の中へと足を踏み入れた。

結亜《ゆあ》が昨日訪れたのと同じ部屋を訪ねてドアをノックすると、すぐに扉が開き、部屋の主が姿を見せる。

頭部に角を持つ目つきの悪い銀髪の男、バルバトス。

人類を宿敵とする魔族の王で、同時に、現在はこのロイヤルハイツ魔王城の管理人でもある。

「こんにちは」

「フン」

尊大で無愛想。挨拶さえまともに返さない魔王バルバトスだが、エプロンを付けて片手に皿を持っている。

「エプロン……」

「何だ。何がおかしい」

「いや、魔王がエプロン付けてるのが違和感が凄《すご》くて……もしかして、食事作ってたの？」

「当然だ。ネフィリーがすくすく健やかに成長するためには、完璧な食事が必要だからな」

「あー。ご飯中だったら、出直した方がいい？」

「それには及ばん。すぐに済む」

不機嫌そうな顔ながらも、バルバトスは結亜《ゆあ》を室内に招き入れた。食卓を前にして、椅子に腰かけ足をぶらぶらさせている小さな少女が目に留まる。

「ネフィリーちゃん、だよね？　こんにちは」

「こんにちは」

ネフィリーは、挨拶の返事と共にぺこりと頭を下げた。

そのまま隣の椅子に座ると、ネフィリーは少しはにかんだ様子で結亜《ゆあ》を見つめ、ぱっと目を逸《そ》らして、照れたようにテーブルの下で指を弄《いじ》り始める。

色素が薄く儚《はかな》げな印象ではあるものの、ネフィリーの仕草は小さな子供そのもので、見た目もバルバトスよりずっと人間に近い。素直で可愛《かわい》らしい反応に結亜《ゆあ》の頬が緩んだ。

「バルバトス、ご飯作ってくれるんだね」

「うん」

ネフィリーはこくりと頷《うなず》く。

「良かったね。ご飯何かな、楽しみだね」

「ん――……」

ネフィリーは、今度はへにょりと首を傾《かし》げた。

「楽しみじゃないの？」

微妙な反応に疑問を持った結亜《ゆあ》がさらに問いかけようとしたその瞬間に、バルバトスが意気揚々とネフィリーの目の前に白い皿を置いた。

「さあ、できたぞネフィリー」

皿の中央には紫色のカプセルのような物体が一つだけ載っている。

「何これ……？」

結亜《ゆあ》が呆気《あっけ》に取《と》られていると、ネフィリーはそのカプセルをぱかりと開き、出てきた煙のようなものを吸い込んだ。

「いや……何、これ？」

「ミストミールだ。様々な食材から栄養だけを取り出し、魔法で霧状に加工している。吸うだけで一瞬で食事が完了する優れものだ」

結亜《ゆあ》は眉を顰《ひそ》めて得意げなバルバトスを見つめ、次いでネフィリーに顔を寄せて囁《ささや》く。

「ネフィリーちゃん、それ、おいしい？　正直に言ってみて」

「おいしくはない」

ふるふると首を横に振るネフィリーにバルバトスが苦笑する。

「我儘《わがまま》を言うものではないぞネフィリー。このミストミールさえ吸っておけば一日に必要な栄養素を全て賄い、効率的に魔力を生成する事ができるのだ」

そう言うと、バルバトスも食卓につき、カプセルを開いて煙を吸い込んだ。

「便利だし、需要ありそうだけど。そういう効率だけ重視した食事ってどうかと思うなあ」

結亜《ゆあ》はショルダーバッグの中からプラスチックの容器を取り出し、テーブルの上に置いた。容器の蓋を開けると、綺麗《きれい》な焼き色がついたパイ生地のお菓子がいくつも並んでいる。

「おい。何だ、それは」

「バクラヴァ。おばあちゃんが手土産に持って行けって。よかったらどうぞ」

バルバトスは眉根を寄せ、不審そうな目つきでそのバクラヴァを眺めた。

バクラヴァは、地中海の国々や中東地域で食べられる甘いお菓子。

ピスタチオやクルミを挟んで幾重にも重ねた薄い生地を焼き上げ、シロップを染《し》み込ませたものだ。

無論、ロッケンヘイムには存在しない。

「余は魔王だぞ。庶民からの施しなど受けぬ。ましてや、人類の食事だと？　こんな不気味な物体を口にする気はっネフィリィイイー⁉」

バルバトスが慌てて文句を中断したのは、ネフィリーが既にバクラヴァを一つ手に取り、噛《かぶ》り付《つ》いていたからだ。

「こら！　そんなもの食べてはならん！　ネフィリー！　ペッしなさい！」

椅子から立ち上がったバルバトスは目を白黒させて慌てふためいているが、当のネフィリーは目を輝かせてもぐもぐと咀嚼《そしゃく》している。

「おいしい？」

結亜《ゆあ》の問いかけに、ネフィリーはこくりと頷《うなず》いた。

「おいしい。あまい」

「よかった。あとね、食べる前にはいただきますって言うんだよ」

「わかった。いただきますっていう」

「ぬぐ……」

口元に生地の欠片《かけら》をつけて上機嫌に微笑《ほほえ》んでいるネフィリーの姿を見ては、バルバトスもそれ以上止める気にはなれなかったらしい。

むすっとした顔で腰を下ろし、目の前にあるバクラヴァを睨《にら》みつけている。

「食べないの？」

「こんな得体の知れん食物を……いや、しかしネフィリーだけに食わせて怖気《おじけ》づいていると思われたくはない……！」

「別に誰もそんなこと思わないけど」

「侮《あなど》るな。余は魔王バルバトスだ。食らってやろう、バクラヴァとやらを」

「いただきますは？」

「誰が言うか！」

勝手に憤《いきどお》りながら、バルバトスはバクラヴァの一つを手に取った。そのまま一口嚙《かぶ》り付《つ》いて目を見開き、二口、三口と食べ進める。

「何か感想は無いの」

「まあ……人類の産物にしては、想像したよりは悪くはない……という気持ちが、かすかにも沸き上がらないかというと……そうでもない」

「はっきり言いなさいよ！」

「余の食べっぷりを見て察することも出来ぬのか！　これだから人類は！」

「なんで私が人類ごと怒られるの……？　少しは感謝の言葉があってもいいと思うんだけど」

「ええい、そもそも何しに来たのだ神代結亜《かみしろゆあ》！　まさかこのバクラヴァで余を籠絡《ろうらく》しに来たわけではあるまいな！」

がっつきながら怒るバルバトスに辟易《へきえき》した様子を示しながら、結亜《ゆあ》は本来の話題を切り出した。

「このお城をマンションにするって話にはなったけど、まだ決めてない事が山ほどあるでしょ。それを決めに来たの」

「決め事があるのならば、何故《なぜ》京子《きょうこ》さんを連れて来んのだ？　余が契約した土地の持ち主はあくまで京子《きょうこ》さんだぞ」

「おばあちゃんは色々忙しいから。……それに、連れて来ると誰かさんに言いくるめられちゃう可能性が高いからね。まず私が話を聞いて、おばあちゃんには私から話します」

人が良く、提案にほいほいと乗ってくれる京子《きょうこ》が居た方がバルバトスとしては都合がいい。

結亜《ゆあ》の態度は明らかにそれを見透かしており、シロップのついた指を舐《な》めつつ、バルバトスは内心で舌を巻いている。

ネフィリーは話の内容がよくわかっていないのか、不思議そうな顔でバルバトスと結亜《ゆあ》を交互に見上げていた。

「それで？　まず、何を決めればよいのだ」

「えーと、まずはマンションの部屋を購入と賃貸どっちにするのか。両方有りにしてもいいけど」

「購入……賃貸……？　何だ、それは。マンションというのは、金を貰《もら》って民を部屋に住まわせればいいのだろう？」

ネフィリーの手と口元をおしぼりで拭いてやりながら、バルバトスは疑問を口にする。

「そうだけど、簡単に言うと、部屋そのものを売るか、貸すかの違いね」

「馬鹿を言え、ここは余の城だ。仕方なく住ませてはやるが、人間などに一部屋たりとも売り渡すつもりはないわ」

バルバトスはふんぞり返って宣言したが、それを見る結亜《ゆあ》の視線は冷たい。

「そうすると、賃貸専門になるね。毎月決まった家賃を払ってもらって、部屋を貸すってこと」

「そうだ。何か、問題があるか？」

「お金を払い続けても自分のものにならない部屋なら住みたくない、っていう人は、賃貸のマンションには住まないよ？　賃貸の人だけで全部の部屋が埋まればいいけど」

「やはり購入も有りにしよう」

バルバトスはあっさりと前言を撤回した。

一ヶ月以内に90戸全ての部屋を契約で埋めるという条件でこの土地に城を置いている以上、わざわざ入居希望者を減らすような方針は取れない。

ネフィリーは早くも退屈になったのか、椅子を降り、カーペットの上に寝転がってぬいぐるみで遊び始めている。

「と、いうか。それでは、誰も賃貸など喜ばないのではないか？」

「そんなこと無いよ。例えば何年か住んで別のところに移るつもりなら、部屋を買う必要は無いんだし。事情があってローンが組めない人も居るし」

「ローン？」

「そうか。それも説明が要るのか」

魔法によって言葉自体は通じるようになっているが、お互いに自分の世界に存在しない概念については説明が必要になる。

結亜《ゆあ》は自分のバッグの中からノートとペンを取り出し、「購入」と書いた下に二つ矢印を分岐させて「一括」「ローン」と書いた。

「部屋を買うのに何千万円ものお金を一気に払うのって大変なの。だから、契約してローンを組む。毎月少しずつ返しますって約束してお金を借りるわけ」

「なるほど。賃貸のように支払は月々に分かれるが、ローンならばいずれは部屋が自分のものになるわけだな」

「そういうこと。多いのは三十五年契約のローン、もっと短くて二十五年くらいの場合もあるけどね」

結亜《ゆあ》がノートのページをめくって見せると、以前に調べたらしい住宅ローン関連の内容がびっしりと書き込まれている。

まめな性格がうかがえる、綺麗《きれい》で読みやすい字だ。

「三十五年！　寿命の短い人間が、それほどの期間を費やしてやっと一部屋を手に入れるわけか。涙ぐましいことよなあ」

「その上から目線、腹立つなあ。魔族って何年くらい生きるの？」

「魔族に寿命は無いぞ。殺されなければ何万年でも生きる」

「出鱈目《でたらめ》すぎる……」

「しかしだな。いくら時間を費やそうと、人から借りなければ金を払えぬ者がこの魔王城の部屋を得ようなどと片腹痛いぞ。一括で払えなければ門前払いとしよう」

バルバトスが再び椅子の上でふんぞり返り、結亜《ゆあ》が、またかという顔をしてそれを見た。

「それだと、住める人が限られて一ヶ月で部屋が埋まらないかも。いいの？」

「……ローン、悪くない仕組みではないか。せいぜい利用させてやるとしよう」

再び、バルバトスはあっさりと前言を撤回する。柔軟と言えば柔軟だが、部屋の契約を埋めるためにはなりふりを構わない姿勢だ。

「じゃあ、賃貸と購入どっちもありってことで。部屋の値段も決めなきゃね」

「むう。そう言われてもな」

いつの間にか床で寝てしまったネフィリーを抱えてソファに寝かせ、その隣に座り込んだバルバトスは腕組みして口を尖《とが》らせた。

「余にはこの世界の居住費の相場がわからぬ。金銭感覚を摑《つか》むにしても時間がかかろう。値段は地主である京子《きょうこ》さんが決定せよ」

「そう言うんじゃないかと思って、一応、おばあちゃんと相談してみたけど。そもそも私たちはこの建物のこと全然知らないから、値段決められないよ」

「ふむ。それもそうか」

眉間を指で揉《も》みながらしばし考えこんだバルバトスは、やがて邪悪な笑みを浮かべて立ち上がった。

「ならば、まずは案内せねばなるまいな！　余の城を！」

「はあ……覚悟はしてきたけど。こんな大きいお城見て回るの、大変そう」

「案ずるな。ここは余の城、近道も自由自在だ」

そう言ってバルバトスが両掌《てのひら》を合わせ、部屋の壁に触れる。すると、部屋の壁に突然扉が開いた。

しかも、扉の向こう側には明らかに隣の部屋ではない景色が見える。

「さあ、ついてくるが良《い》い」

「嫌な予感しかしないんだけど……」

呟《つぶや》きながら、結亜《ゆあ》はバルバトスに続いて扉を抜けた。

◆　◆　◆　◆

「まずはここ、給水塔だ」

「何これ⁉」

城に四つある尖塔《せんとう》のうち、北側の塔の中に案内された結亜《ゆあ》は、素っ頓狂な声を上げた。

塔の内部は生物のようにうねったパイプが張り巡らされ、それが光り輝く六角柱に絡《から》みついている。給水塔という呼称からは想像もできない光景だ。

「城内で使用する水は全てここから供給される仕組みとなっている」

「なっている、って……その水はどこから出てるの」

「数百年分も蓄えた水を魔法により濾過《ろか》、圧縮し、この水精碑に貯蔵しているのだ。城内から出る下水もここに吸い上げられ、浄化される」

パイプの繋《つな》がった半透明の六角柱。その表面は濡《ぬ》れたように光っており、時折波紋が広がっている。数百年分の水が貯蔵されているなどという荒唐無稽な話も、どことなく信憑《しんぴょう》性が出てしまうほどに不思議な輝きだった。

「ワケわかんないけど、とにかくここに住んだら水道代がかからないのか……」

現代日本の常識からかけ離れたシステムに圧倒されながらも、結亜《ゆあ》はまるで施設を査定するかのようにメモを取っている。

バルバトスやシグナの奇抜さに比べて目立ちはしないが、彼女もまた常識から外れた順応性の持ち主なのだった。

「次だ。ここは火力塔だ。城内で使用する瘴気《しょうき》ガスを管理している」

「瘴気《しょうき》ガス」

あまりにも不穏な単語の響きに、結亜《ゆあ》がぎゅっと眉を顰《ひそ》める。

「それ、こっちの世界には無いものなんだけど。一応説明してもらっていい？」

「世界中に溢《あふ》れている様々な生命の憎悪《ぞうお》、怨念を魔法によって集め、固形にしたのが苦悶《くもん》結晶だ。その苦悶《くもん》結晶に圧力をかけることで発生するのが瘴気《しょうき》ガス。燃料として非常に優秀なのだ」

「もしかして城内の設備って、全部それを使ってるの？」

「そうだが？」

結亜《ゆあ》の顔が強張《こわば》っていくのを、バルバトスは全く意に介していない。

「部屋の明かりも、台所の火も？」

「その通りだが？」

「い……嫌すぎる……」

城内のあちこちを、紫色の火を灯《とも》すランタンが照らしている。その全てが呪術的な燃料を使用していると知っては、気分を害するのも無理はない。

しかし、人間の感覚が分からないバルバトスは首を傾《かし》げるばかりだった。

「あ、でもここに住んだらガス代かからないんだ。それは大きいな……」

結亜《ゆあ》も現金なもので、利点は利点として割り切り、再びメモを取っていた。

「ねえ。バルバトスは一瞬で移動できるからいいとしても、普通の住民はみんな階段で移動しなきゃならないの？」

設備から設備へと移動する途中に、結亜《ゆあ》が当然の疑問を口にした。

城は九階まである。最上階の住民が一階から登る、あるいは一階へ降りるのはかなり面倒だ。

「そんなわけはあるまい。昇降機を各所に用意してある。このようにな」

そう言って、バルバトスは結亜《ゆあ》を正方形の部屋へと案内した。

部屋の壁にはボタンが設置されており、それを指で押すと、ゆっくりと部屋が上昇していくのが分かる。

ごく一般的なエレベーターの仕組みと変わらないどころか、音も静かで揺れも少ない。

「よかった。さすがに、子供やお年寄りに階段を使わせるほど無茶じゃなかったか」

壁に寄りかかってほっと胸をなでおろしている結亜《ゆあ》に向かい合い、バルバトスは反対側の壁に寄りかかって腕組みをしている。

「魔族の形態は様々だからな。身長の低い者、極端に脚力の弱い形態の者も居る。故に、城内は段差なども極力減らし、移動しやすくしてあるのだ」

「なるほど」

人間の利用を想定したわけでもないものが、結果的にバリアフリーのデザインに近い状態になっているのだろう。しかし、城内に大量のトラップが仕掛けられているという話と合わさると、何とも歪《いびつ》な城ではある。

やがてエレベーターが停止して静かに扉が開くと、景色が一転して明るくなった。

「うわ、すごい」

初めに目に飛び込んでくるのは、優しい緑と空の青。

城の屋上は小さな庭園になっており、樹木が伸びやかに葉を茂らせていた。木の幹には弦《つる》が巻き付き、足下の花壇には白く小さな花がいくつも咲いている。

「意外。城の中はあんなおどろおどろしい感じなのに、屋上はさっぱりしてるんだね」

「うむ。もっと威圧的にすべきとは思っているのだが、なかなか屋上までは手が回らなくてな」

「このままの方がいいよ」

「いや、しかしもっと死と退廃を身近に感じられる空間の方が……」

「絶対このままの方がいい！」

結亜《ゆあ》は繰り返し強調した。

そのまま二人は歩き、屋上の端までたどり着いた。しっかりとした柵はあるものの、さすがに九階建ての屋上から地面を見下ろすと足が竦《すく》む高さだ。

おっかなびっくり顔を上げ、遠く流れる川の水面を眺めて、結亜《ゆあ》はようやく一息をついた。

「駅近。水道代、ガス代不要……景観は良し、か」

少し視線を横に向ければ、鉄道の駅も見える。ちょうど、日の光を反射する銀色の車体が線路を滑るように走り出していくところだった。

「このお城、地震とか火事には強いの？」

「当然だ。城は魔法による防御であらゆる災害に耐えるぞ。地震の揺れや竜巻は相殺《そうさい》し、火炎を吸収する機構も備えている」

「すごい。けど、そういうのが破損した場合の修理はどうする？」

「自己修復機能がある」

そう言うと、突然バルバトスはおもむろに足を上げてから高速で下ろし、床を踏み砕いた。呆気《あっけ》にとられる結亜《ゆあ》の前で、床の石材がぱきぱき音を立てながら元の形状に戻っていく。自己修復機能の実演といったところだろう。

「ふむ。この世界の魔力が薄いのでいささか不安はあったが、動作にも問題無さそうだな」

「……耐震、防火設備完備。修繕費不要、と」

結亜《ゆあ》はスマホの画面をタップしてノートにさらさらと何やら書き加え、バルバトスの前に広げて見せた。

「部屋代の試算。まだ、ざっくりとだけどね」

「そうか。まあ、見せられても相場がわからんので何とも言いようがないのだがな」

「都内でこの広さなら破格の値段だとは思うよ。でもこのお城って言っちゃえば築古だし、そもそも建築費がかかってないし……修繕費もかからないことを考えると、このくらいの値段になるかなって」

結亜《ゆあ》はそのまま、祖母である京子《きょうこ》と話した内容を一通り説明した。

このロイヤルハイツ魔王城の購入費や家賃振込のための口座は、京子《きょうこ》の名義で用意すること。

マンションを建設すれば諸々《もろもろ》の税金が発生し、各所に届け出を出す必要もあるが、異世界から城がやってきたという異常事態について、誰に何をどうやって説明したら良《い》いのかもわからないこと。

結亜《ゆあ》としてもそうした手続きまで世話するのは手に余るので、バルバトスの方で勉強し、対応をしなければならないこと。

「何だ、そんなことか。まあ任せろ」

矢継ぎ早に説明したにもかかわらず、バルバトスは焦《あせ》る事もなくのんびりと返事をした。

「もしかして、全部魔法でごまかそうとしてない？」

バルバトスは疑惑の眼差《まなざ》しを正面から受けず、どこか遠い目をしている。

「フッ」

「フッじゃないよ。せめて何か言いなさいよ」

エレベーターへ戻りつつ、バルバトスはのらりくらりと返答した。

「おそらく前向きに検討し、善処する……だろうと思われる」

「何も言ってないのと変わらない！」

　突然、結亜《ゆあ》がバルバトスの進路に回り込んで顔を覗《のぞ》き込む。

「一応、値段決めるのには協力したけど。本当にこのお城をマンションにしてやって行けると思ってる？」

「はあ？　何だ、今更。要はこの城に人が住めば良いのであろう。人を住まわせ、賃料を取る。こんなに楽な仕事は無いではないか」

　得意げな顔でふんぞり返るバルバトスと対照的に、結亜《ゆあ》は渋い顔をしている。

「この魔王、人間社会をナメてるな」

「なんだ。何が問題だというのだ！」

「やってみればわかると思う。みんながこのお城に住みたいと思うかどうか」

「フン！　何を馬鹿な。この城を一目見れば、誰もがこぞって住まわせてくださいと頼みに来るであろう。あと三日もすれば城内が入居希望者で溢《あふ》れかえるぞ。くはははは！」

　高笑いをするバルバトスを横目に眺め、結亜《ゆあ》はもう何度目になるかわからない溜息《ためいき》を吐いた。

た。

◆　◆　◆　◆　◆

「何故《なぜ》誰も住みに来ない⁉」
　三日が経過し、変わらず新規入居者ゼロのロイヤルハイツ魔王城でバルバトスは憤慨してい
た。
　突如現れた城の取材のためにマスコミの人間が何名かやってきたが、入居の意思が無いと見
てこれは魔法で追い返した。警察、国土交通省、自治体の人間なども次々と訪れたが、全て魔
法で追い返した。
　城に住もうと訪れる人間は今のところ皆無なのだ。
「おかしい。このままでは余の計画が……！」
　バルバトスは「かんたん！　基礎からわかる税金のしくみ」というタイトルの本を握りしめ、
落ち着きなく室内を歩き回る。
　魔王城の居住区域90戸に住み着いた住人を生贄《いけにえ》として捧《ささ》げることで膨大な魔力を発生させ、
元の世界へ帰還するのがバルバトスの目的。人間が誰も住んでくれなければ計画は破綻する。
ましてや今回、一ヶ月という短いタイムリミットまで設定されているのだ。
「計画って何？」

「ん？　んん、うむ。別に？　何でもないが？」

再び様子を見に来ていた結亜《ゆあ》に問われ、バルバトスは咳《せき》ばらいをして誤魔化した。

「……まあ、私としては案の定って感じだけどね」

「何だと結亜《ゆあ》。貴様、この結果を予見していたとでもいうのか？」

「そりゃそう。まず、あの看板を見てこの城に住みたいと思う人間が居ないよ」

結亜《ゆあ》が言っているのは、赤黒い字で「入居者募集中」と書かれた正門前の看板の事だ。三日が経過して文字の一部が下に流れ落ち、余計に不穏な有様《ありさま》になっている。

「何故《なぜ》だ。文字は間違っていないはずだぞ！」

「インクの色だよ！　あんなの呪いの血文字じゃん」

「何が気に食わんというのだ。せっかく、宝物庫に貯蔵してあった最高級の蛇女の血を使用して書いたというのに」

「インクじゃなくて本当に血文字だったの⁉　馬鹿じゃないの⁉」

バルバトスの行動からは、妖しく、おどろおどろしく、人間を委縮させるような威圧感があるデザインほど素晴らしいという価値観が見え隠れしている。

それは残念ながら、この世界ではややマイノリティな趣味に分類される。

「まあ看板は直せばいいとしても、その後。門の両脇にある、目が光る怪物の像」

「威圧感たっぷりで良《い》いではないか。人類にナメられては困るからな」

「あと見るだけで痛々しい、うねってて棘《とげ》だらけの鉄柵」

「防犯上重要ではないか。賊の侵入も防げる」

「あのねえ。他にも数えきれないほど問題があって、このお城、マンションとして魅力ないから一ヶ月で全部屋埋まることはないと思うよ」

「なん……だと……⁉」

バルバトスが驚愕《きょうがく》に目を見開き、わなわなと拳を震わせた。

「貴様！　ズルいではないか、そういうことは先に言うべきではないか⁉」

「ズルも何も、そっちが言い出した条件でしょ」

「ぐ……ぬうう……」

確かに、一ヶ月以内に90戸を埋めると宣言したのはバルバトス本人だ。

ぐうの音を無理やり飲み込んだバルバトスは、平静を装《よそお》って腕を組み、ふんぞり返る。魔王は威厳を取り戻す速度においても最強でなければならない。少なくともバルバトスはそう考えているのだ。

「まあいい。直ちに教えよ、他にこの城の何が問題なのだ」

「別に教える義理はありません。っていうか、自分で調べるべきでしょ」

「ならば結亜《ゆあ》よ、貴様の家に案内するがいい。この世界の人間の住居とはどんなものか、この目で確かめてくれよう」

「ええー⁉」

あからさまに嫌そうな声をあげる結亜《ゆあ》に、バルバトスの目が吊《つ》り上《あ》がった。

「何が不満だ⁉　余、自ら貴様の家を視察してやろうと言うのだぞ。むしろ光栄に咽《むせ》び泣《な》くところであろう！　さあ泣け！　わんわん泣け！」

「だって絶対面倒起こすじゃん。おばあちゃんにも迷惑かけるじゃん！」

くい、と服の裾を引っぱられる感触に結亜《ゆあ》が下を向くと、いつの間にか近くに寄って来たネフィリーが見上げている。

「ネフィリーも、おうち見たい」

「見たいの？　うーん、じゃあ遊びに来てもらおうかなあ」

そう言って頭をなでると、ネフィリーはくすぐったそうにして笑う。

「おい、何だその態度の差は。余も熱烈に歓迎しろ！」

「うーん……まあ、見ず知らずの誰かの家に踏み込んで勝手に観察を始めるよりはマシかもなあ……」

「ちょっと待ったあっ！」

結亜《ゆあ》の心が折れかけたそのタイミングで、突然部屋のドアが開き、大音量の叫びが響き渡った。

声の主は金髪碧眼《へきがん》の騎士、勇者シグナ。

常に白銀の甲冑《かっちゅう》を身に着けていた彼だが、今日は「うきうきエブリワン」と大きく書かれた白いTシャツ姿だ。

「ダッ……！」

思わず叫び声を上げかけた結亜《ゆあ》が、慌てた様子で手で口を塞いだ。

どんなTシャツだろうと、公然と「ダサい」などと言ってしまうのは失礼にあたる。これは人間としての常識だ。

当のシグナはそんな配慮には全く気が付かず、堂々とした態度で宣言する。

「話は聞かせてもらったぞ。僕も同行する！　バルバトスがこの城の外に出るとなれば、何か騒動を起こしかねないからな！」

「なんだ貴様、ずっと外で話を聞いていたのか」

不敵に笑うシグナとは対照的に、バルバトスは心底うんざりした表情を作っている。

「ああ、僕は聴力には自信がある。結亜《ゆあ》さんがこの部屋に入っていくのが見えたからね。扉にぴったり耳を付けて聞いていたんだ」

誇らしげな報告に、部屋の中の空気が凍り付いた。

「すいませんシグナさん、それはちょっと……気持ち悪いかも……」

「なっ⁉」

結亜《ゆあ》に困惑の視線を向けられ、シグナの表情もまた凍り付いた。

「ち、違う！　僕はただ人の平和を守りたいという正義の心で！」

「ざまは無いな、シグナ。少しはこちらの人類の常識を身に付けよ」

「う……ううう……！」

床に四《よ》つん這《ば》いになったシグナが、不意に顔を上げると呪いの声を吐く。

「汚名は甘んじて受け入れよう。だがこれも全てバルバトスの暴挙を止めるためだ……許さんぞバルバトス！」

「おい、なぜそこで余に矛先が向く！　完全にただの八つ当たりではないかこの正義馬鹿が！」

「あーもう、うるさいうるさい」

シグナが加わったことで余計に制御不能になった空間に辟易《へきえき》しながら、結亜《ゆあ》はいがみ合う二人の間に割って入る。

「二人はどうしてそんなに仲が悪いの……？」

「よくぞ聞いてくれた、結亜《ゆあ》さん。それはね、魔族が人類の平和を脅《おびや》かす邪悪な存在だからだよ」

「黙れ阿呆《あほう》生命体。貧弱な人類ごときが魔族の棲息《せいそく》圏にのこのこ進出してくるから排除せねばならんのだ」

一言喋《しゃべ》るごとに、バルバトスとシグナの語気が激しくなっていく。

「何を！　元をただせば四千年以上前、トゥルガの集落で友好を深めようと言って招いた魔族が人類を騙《だま》し討ちにしたのが……」

「それは捏造《ねつぞう》された歴史だ、たわけ！　誇り高き魔族がそのような行為に及ぶわけがない。正式な文献にも検証記録が残っていて……」

「うん、もういい。どっちの言い分が正しいのか私には判断できないし、聞くだけ無駄だわ」

仏頂面《ぶっちょうづら》の結亜《ゆあ》が、顔を寄せていがみ合う二人の間に再度割り込んで止めに入る。

「とにかく、喧嘩《けんか》する人は家には連れて行きません」

「余は人間ではないが？」

「喧嘩《けんか》する魔族もだよっ!!」

絶叫に近い結亜《ゆあ》の声に、ネフィリーが目を丸くして答えた。

「ネフィリー、けんかしないよ」

「ネフィリーちゃんは偉いね。このお馬鹿さんたちにも見習ってほしいね」

結亜《ゆあ》は、ようやく癒《いや》しを得たとばかりに再びネフィリーの頭を撫《な》でる。

「まおーとゆーしゃ、おばかさんなの？」

曇りのない目で見つめられ、問いかけられて、バルバトスとシグナは揃《そろ》ってばつが悪そうに縮こまった。

◆◆◆◆◆

「連れてきたよ、おばあちゃん」

「はいはい、ようこそいらっしゃいませ」

バルバトス、シグナ、ネフィリーを連れて結亜《ゆあ》が案内した家は、ロイヤルハイツ魔王城から徒歩十分ほどの距離にあった。

年季の入った平屋で、小さいながら庭もついている。大通りからは外れているとはいえ、日当たりも良く、都心にしてはかなりの好立地物件だ。

玄関先で出迎えた京子《きょうこ》はバルバトスが四日前に会った時と全く同じ服装、全く同じ表情で、時間の感覚が狂いそうになる。

「では見せてもらおうか。この世界の人間の住居というものを」

ふてぶてしい態度で上がりこもうとするバルバトスを、結亜《ゆあ》が手で制した。

「待った。人の家に上がる時はまず『お邪魔します』ね」

「は？　何故《なぜ》魔王たる余がいちいちそんなことを言わなければならんのだ」

「嫌なら帰っていいけど？」

「……邪魔をする」

不承不承に挨拶をするバルバトスに、ネフィリーとシグナの元気な声が続く。

「おじゃましまぁす」

「お邪魔しますっ！」

「あらあら、二人とも元気が良くていい挨拶ねぇ」

「バルバトスより立派だね」

京子《きようこ》と結亜《ゆあ》が二人を手放しに褒めると、バルバトスは憤怒《ふんぬ》の形相を浮かべ、腹の底から響くような声で挨拶を言い直した。

「お邪魔！　します!!」

「うるさっ……あのさ、まずこの時点で何か気が付くことない？」

言われて、バルバトスは改めて家の中の様子を観察し直す。天井、壁、床と視線を移し、口を歪《ゆが》めて、呆《あき》れたように肩を竦《すく》めた。

「床も壁も、なんと脆《もろ》そうな材質よ。これでは戦になればひとたまりもあるまい」

「まず戦争の観点を捨てなさいよ、一般の住居なんだから」

「むう」

バルバトスはむっつりと黙り込んだ。

魔王城とこの家で何が違うのかわからないが、負けず嫌いなのでわからないとは言いたくないのだ。

シグナはバルバトスに先んじて答えようとしたが、自分も回答がわからないのでなんとなく腕組みし、傍観者のふりをしている。

結亜《ゆあ》がしばらく返答を待っているうちに、ネフィリーがぽつりと呟《つぶや》いた。

「まおー、ここのおうち、きれいだよ」

「む……？」

「正解。違うのはまず掃除。あんまり言いたくないけど、あのお城、結構あちこち埃《ほこり》積もってたよ」

「何だと？」

言われて見れば、廊下の隅々まで顔が映り込むほどに綺麗《きれい》に磨かれている。建物自体に年季こそ入っているものの、壁にも天井にも目立った汚れはない。

「うちはおばあちゃんが綺麗《きれい》好きだから、隅々まで清潔でしょ」

「結亜《ゆあ》ちゃんも、お掃除よく手伝ってくれるしねぇ」

京子《きょうこ》はにこにこと顔を綻ばせている。

「フン。なるほど。まあわかった。城内の清掃を徹底させるとしよう」

「させるって、誰にだ？」

「部下にだが？」

シグナの問いに当然のように答えるバルバトスに、結亜《ゆあ》は怪訝《けげん》そうな顔をした。

「部下、居るの？」

それまで淡々としていたバルバトスは急に目が丸くなり、絶望の表情を浮かべた。

「居ない……！　馬鹿な。どうすれば良いのだ！」

「それは自分でやるしかないでしょ」

バルバトスは目を見開いたまま、ふらりとよろめいた。

「掃除っ！　余が？　魔王たるこの余が、掃除を？　箒《ほうき》を持ってさっさかさっさか廊下を掃けというのか⁉　雑巾で床を水拭きしろと言うのか⁉　そのあと、空拭きもしろと言うのか⁉」

「掃除の手順には詳しいな……」

バルバトスはよろめいて膝を突いた。

「有り得ぬ。さ、寒気がする。ぐっ、頭が痛い。吐きそうだ」

「どれだけ掃除したくないんだよ⁉」

結亜《ゆあ》が呆《あき》れる一方、京子《きょうこ》はくすくすと笑ってバルバトスが立ち上がるのを手伝う。

「掃除もやれば楽しいものですけどねえ。ほらバルバトスさん、座って。お茶でも淹《い》れましょうか」

「人間の茶か……」

「嫌なら飲むな！」

「僕は感謝してありがたく頂きます！」

なし崩し的に、全員が椅子に着き休憩する流れとなった。

通された居間の片隅には神代京子《かみしろきょうこ》の名が記された賞状やトロフィーがいくつも飾られており、本棚には著書らしきものが並んでいる。

「おお、これはすごい。『シルクロードを渡る食文化』『おいしく学ぶ中東地域』……これ、全部京子《きょうこ》さんが執筆されたものなんですか？」

「そうです。おばあちゃん、結構凄《すご》いんですよ」

しきりに感心するシグナに対し、結亜《ゆあ》が誇らしげに答える。

「好きでやっていた事が、何だかたくさんの人に喜んでいただけて。嬉《うれ》しい事ですねえ」

卓上の湯沸かしポットから急須にお湯を注ぐ京子《きょうこ》の姿を見て、結亜《ゆあ》がふと思い出したように呟《つぶや》く。

「そうそう。そういえば、あのお城に決定的に足りないものがあるんだった」

「何だ。許す、言ってみよ」

「電気」

「電……気？」

バルバトスは首を傾《かし》げた。

「家に電気など流してどうするのだ。食べるのか？」

「食べるわけあるか！」

結亜《ゆあ》は室内の家電の数々を指さし、憤慨する。

「人間は電気を使って、冷蔵庫で食材を保存したり、テレビを使って情報を得たり、エアコンで室内の温度を快適に保ったりするの！」

「ははあ……なるほど。魔力が薄いばかりに、この世界の人間どもはそのような力に頼り、涙ぐましい努力をしているわけか。哀れよな」

「いちいち見下してくるなぁ……！」

「一事が万事こうなんですよ、魔族という生き物は」

シグナが積年の恨みの籠った声を上げる。

「その涙ぐましい努力の結果を利用するには、電力会社と契約しなきゃいけないし、電線も引かなきゃいけないんだよ。工事とかしてたら、一ヶ月の期限に間に合う？」

脅しのように言う結亜《ゆあ》に対して、バルバトスは微笑を浮かべひらひらと手を振った。

「そんな物はなんとでもなる。余を見くびるな」

その態度は、その場しのぎの言い逃れをしているようには見えない。

自信の理由がわからず首を傾《かし》げた結亜《ゆあ》は、先ほどからずっと静かになっているネフィリーが隣の部屋の隅を眺めているのに気が付いた。

隣の部屋は和室になっていて、部屋の隅には仏壇が置いてある。

「ネフィリーちゃん、どうしたの？」

尋ねると、ネフィリーは結亜《ゆあ》を見上げてたどたどしく答えた。

「おじいちゃんにも、あいさつ、したほうがいい？」

「もちろん、いいけど……魔族にも、仏壇にお線香上げる文化あるの？」

そう口にしてから、結亜《ゆあ》は奇妙な事に気が付いた。

確かに仏壇には一昨年亡《な》くなった結亜《ゆあ》の祖父、神代睦夫《かみしろむつお》の位牌《いはい》と写真が置いてある。しかし、ネフィリーの背の高さではそれは見えないはずだ。

「ネフィリーちゃん、なんで『おじいちゃん』ってわかったの？」

「む……そこに『居る』のか？　ネフィリー」

バルバトスが重ねて尋ね、ネフィリーはこくりと頷《うなず》いた。

「居るって、何が？」

「そのままの意味だ。そこに、貴様の祖父の霊が居るということだ」

出されたお茶を吹き冷ましていたバルバトスは、当然の事のように言い放った。

「うちの人が、そこに居るの？」

いつもにこにこ微笑《ほほえ》んでいる京子《きょうこ》が真剣な面持ちを見せているのを確認して、結亜《ゆあ》は慌てた。

「ちょっと、冗談やめてよ。常識的に考えて幽霊とか有り得ないでしょ」

「はあ？　貴様らの常識など知らんが？」

「バルバトス、そんな言い方は無いだろう」

シグナがバルバトスのつっけんどんな物言いを窘《たしな》め、補足する。

「僕たちの世界とこちらの世界では、少し霊というものの扱いが違うのかもしれません。僕がもと居た世界ロッケンヘイムでは、先祖の霊からお告げを受けたり、いざとなれば盾代わりにして攻撃から守ってもらうといったことが、日常的に行われていましたよ」

何やら聞き捨てならない冒瀆《ぼうとく》的な用途もあったが、生真面目な勇者がすらすらと語ったことで話の信憑《しんぴょう》性が増した。

「ネフィリーは先天的に死霊《しりょう》術士の素質を持っている。霊の存在を感じ取る力に長《た》けているのだ。余ですら感じ取れないほど微弱な気配にも気が付く」

言われた当人のネフィリーは、珍しくまっすぐ顔を上げたまま口を開く。

「おはなしも、できるよ」

「ネフィリー！」

バルバトスが緊張した声を上げた。

「ちょっとならだいじょうぶだよ。まおーも、力をうまく使えるようになった方がいいって、言ってた」

「まあ、確かに言ったが」

何か事情があるのか、バルバトスはそれ以上止めようとせず口を濁す。

しばし沈黙が流れ、変わらず真剣な面持ちの京子《きようこ》の意を汲《く》んで結亜《ゆあ》が口を開いた。

「……おじいちゃんと話せるなら、話してみたいかも」

「ネフィリー。媒介はそれを使え」

バルバトスが諦めたように溜息《ためいき》を吐き、テーブルの上の醬油《しようゆ》さしを指さす。

「え？　媒介って何……」

結亜《ゆあ》が質問を挟むよりも先に、ネフィリーが両手の甲を合わせて呪文を唱え始めた。

「今しばし、十二のはずれのひとはしら、クトニオスの冬の糸杉をなぐさめよ。『アトレッド・オルフェウス』」

隣室の仏壇の前から、ゆらめく煙のようなものが卓上の醬油《しようゆ》さしへ吸い込まれていく。

程なくして、醬油《しようゆ》さしがかたりと揺れ、そこから威厳を持った老人の声が響いた。

「京子《きようこ》。結亜《ゆあ》。久しぶりだなあ」

「お……おじいちゃんが醬油《しようゆ》になった……！」

絶望する結亜《ゆあ》をよそに、京子《きようこ》は醬油《しようゆ》さしを持ち上げて感涙している。

「その声、久しぶりですねえ、おじいさん。元気にしていましたか？」

「わはは。幽霊に元気も病気もあるか。相変わらず呑気《のんき》だなあ、お前は」

亡《な》き伴侶との感動の再会だが、見た目は醬油《しようゆ》さしに涙ながらに話しかける女性というシュールな絵面になっている。

「何でよりによって醬油《しょうゆ》なの⁉　他のものじゃダメだったの⁉」

結亜《ゆあ》がたまりかねて小声で抗議すると、バルバトスもムッとした様子で言い返した。

「液体は霊を宿らせる適性が高い。そして、宿った物体が小さければ、狂暴な霊であっても御しやすい。余の判断にケチをつけるな」

「おじいちゃんが狂暴な霊のわけないでしょ」

「それこそ浅はかな思い込みよ。わざわざ現世に留まっている霊は、何かしら強い未練や執着を持っているものだ。危険な存在となる事も珍しくはない」

そう言われて、結亜《ゆあ》は醬油《しょうゆ》さしの祖父に向かって呼びかける。

「そうなの？　おじいちゃん。何か、気になっていることがあるの？」

「あるなあ。まず心配なのは、京子《きょうこ》だよ。この前も詐欺にひっかかりかけただろう」

「あら。それ、ご存じなんですか、恥ずかしい」

京子《きょうこ》が眉を八の字にして苦笑する。

「それに、魔王城とは何なんだ？　あの土地はマンションを建てるんじゃなかったのか？　そもそも、魔王って何なんだ？」

睦男《むつお》の心配はもっともだ。

神代京子《かみしろきょうこ》ののんびりとして人のいい性格は長所ではあるが、死んだ夫が心配になって現世に留まりたくなるほどの短所でもあるらしい。

心配された当の京子《きようこ》本人は、相変わらずにこにこ微笑《ほほえ》んでいる。

「まあまあ、大丈夫ですよ。バルバトスさんもなんだかんだいい人ですからねえ」

「余は人などという下等な存在ではないがな」

「こちらの、シグナさんという方も好青年だし」

「はい。何せ僕は人類を守る勇者ですからね」

バルバトスとシグナがにらみ合いを始めると、醬油《しょうゆ》さしは困ったように首を傾《かし》げた。醬油《しょうゆ》さしの首というのも妙だが、ともかくそういう動作をした。

「なんだか全く信用できんなあ……結亜《ゆあ》、すまんが京子《きょうこ》を助けてやってくれよ」

「任せて。この異常な状況からおばあちゃんを守ってみせるから」

胸を張って応える結亜《ゆあ》だったが、本人も半ば異常な状況に馴染《なじ》み始めているのは否《いな》めない。

「うん。しかし、気になるのはお前の事もだぞ、結亜《ゆあ》」

睦男《むつお》の霊が、先ほどまでより一層深刻そうな声色になる。

「私の事？」

「そうだ。……お前、まだ貴子《たかこ》のことを許さんつもりなのか？」

その名が出た途端、結亜《ゆあ》は口を堅く結んで黙りこくった。

「なんだ、知らん名が出てきたな。貴子《たかこ》というのはどこのどいつだ？」

「貴子《たかこ》は私たちの娘。結亜《ゆあ》ちゃんのお母さんですよ」

バルバトスが口を挟むと、京子《きょうこ》が代わりに答える。

「母親？」

結亜《ゆあ》に母親が居るのは何もおかしなことではない。ただ、これまで土地の利用を巡る話に母親の名も姿も全く登場していないのは不自然ではあった。

バルバトスが怪訝《けげん》そうに目を細めるのには気が付かず、睦男《むつお》の霊は醤油《しょうゆ》さしに宿ったまま嘆いている。

「私が生きているうちに、なんとか出来ればよかったんだがなあ」

「おじいちゃんには関係ないよ。これは私の心の問題なんだから」

強い語調から、一刻も早くこの話を打ち切りたいという結亜《ゆあ》の意思が窺える。

「お前も複雑な気持ちなのはわかるが、せめて貴子《たかこ》の話くらいは聞いてやりなさい」

「……」

祖父からの注意を、結亜《ゆあ》は承諾も拒否もしない。

どういう事情があるのかまでは不明なものの、結亜《ゆあ》は現在母親と断絶状態にあるということだけをバルバトスは把握した。

その場がしんと静まり返った中で、ネフィリーが口を開いた。

「おはなし、そろそろ、おしまい」

どうやら、話し続けている間もネフィリーはずっと魔法を使っていたらしい。額には軽く汗の粒が浮かび、若干疲労の色が見える。

「それじゃあ、体に気を付けて……あら、気を付けては違うわねえ。何て言えばいいのかしらねえ」

「体に気を付けるのはお前たちの方だな。時々は様子を見に来るよ。家族みんな仲良く、元気でなあ」

小刻みに震える醤油《しょうゆ》さしからは煙のようなものが立ち上り、やがて微動だにしなくなった。

「平気か？　ネフィリー」

バルバトスに気遣われたネフィリーは、額に浮かんだ汗をぐいと袖で拭って、やり切ったという顔をしている。

「へいき。ネフィリー、すごかった？」

「うむ、凄《すご》い活躍だ。やはりネフィリーの力は、唯一無二……他にはない特別なものだ。くれぐれも気を付けて使うのだぞ」

「うん。えへへ」

「……ネフィリーちゃん。おじいちゃん以外に、ここに誰かの霊はいないの？」

結亜《ゆあ》に突然尋ねられて、ネフィリーはふるふると首を横に振った。

「いないよ。おじいちゃんだけだよ」

「そっか」

どことなく寂しげに相槌《あいづち》を打って、結亜《ゆあ》は力なく椅子に腰を下ろす。すると、入れ替わりにバルバトスが突然椅子から立ち上がった。

「帰るぞ。ネフィリー」

「あら。もう帰るんですか、バルバトスさん」

「うむ、視察は済んだ。ロイヤルハイツ魔王城の諸々《もろもろ》の問題を解決する。ついては一つ借りたいものがある。結亜《ゆあ》よ、喜んで余に協力せよ」

「ええ……また私もお城に戻るの……？」

バルバトスの振舞いはいつでも傍若無人だが、こういう時ばかりは少し気まずい空気を壊すのに役立つ。

「どうもお邪魔しました！　何か困ったことがあったら、この勇者シグナに連絡を！」

過剰に溌溂《はつらつ》としたシグナの声が、まだわずかに残っていたその場のもやもやした空気を跡形も無く吹き飛ばした。

◆◆◆◆◆

「はぁ……掃除……嫌だ……余は掃除などしたくない」

ロイヤルハイツ魔王城へ戻って早々、箒《ほうき》を手にし、壁に寄りかかりながらバルバトスが嘆いた。掃除を始める前から死線を潜《くぐ》り抜《ぬ》けた兵士のように憔悴《しょうすい》している。

ネフィリーの居る前ならばもう少し威厳を保とうと努力するのだろうが、外出で疲れたらしいネフィリーは部屋でお昼寝中だ。

「掃除するだけで泣かないでよ、魔王が」

「は？　泣いてなどいないが。この魔王バルバトスを見くびるなよ」

バルバトスは、目の縁に涙をいっぱいに溜《た》めながらも無理やり表情を引き締めている。その努力に免じて、結亜《ゆあ》はそれ以上の追及をやめた。

「ところで、まさかその箒《ほうき》で一人で掃除する気なの？　それじゃ何日かかるか……」

「舐《な》めるな。余は魔王バルバトス、掃除一つとっても魔王流にやらせてもらう」

そう言うと、バルバトスは人差し指と中指を揃《そろ》えて立て、詠唱を始めた。

「慈愛なき地下暗黒の太陽に、露光せよ我が写し身たちよ。『エレボスの影の軍団』！」

床に落ちていた箒《ほうき》を手にしたバルバトスの影が二つに分裂する。そして見る間に二つの影は四つに、四つの影が八つにと、倍になって数が増えていく。

「何これ……影がどんどん増えて……？」

不気味な光景に結亜《ゆあ》が後ずさった瞬間、バルバトスの影たちは一斉に二本足で直立した。まるで、全身を真っ黒に塗りつぶしたバルバトスのコピーの集団だ。

「さあ、埃《ほこり》を蹴散らせ！　染《し》みを消去しろ！　城内の汚れという汚れを殲滅《せんめつ》せよ！」

号令に合わせ、影の集団は一斉に掃除に取り掛かった。

「凄《すご》い。凄《すご》いけど……」

初めは目を見張っていた結亜《ゆあ》だったが、次第にその驚きも薄れてくると、腕組みして微妙な表情でその様子を眺め始めた。

「これ、数足りなくない？」

「たっ、足りるわ馬鹿め！」

影の数は計三十二体。バルバトスは強がってはみせたものの、広大な魔王城を掃除するにはいささか心許《こころもと》ない人数だ。

「もっと増やした方がいいんじゃないの？」

「……影の数を増やすと、その分知能が半減するのだ。これ以上増やすとまともに命令を聞かなくなる」

「確かに、よく見ると若干さぼり気味な影がいるかも」

「おい貴様、何だその怠慢は！　余の影であるという自覚を持て！」

バルバトスが箒《ほうき》を持って追いかけ回すと、影バルバトスの一体が頭を抱えて逃げ回り、シグナが横目でその背を見送った。

「おい！　見ているのならば手伝え、シグナ！」

「断る。僕はあくまで、フッ、お前が掃除のどさくさで何か良からぬ工作をしないか、フッ、見張っているだけだ。フッ、手伝う義理は無い」

シグナは先ほどから、バルバトスを監視する片手間にひたすらスクワットを繰り返していた。

「何をしているのだ貴様……」

「フッ、こうして鍛え続けることで、フッ、魔力が薄いこの世界でも、フッ、お前を倒す力を、フッ、手に入れるというわけさ！」

「ええい、鍛えるか喋《しゃべ》るかどっちかにしろ。鬱陶しい！」

「そういうバルバトスも喋《しゃべ》ってないで手を動かさないと掃除終わらないよ」

「ぬうう……おのれ……！」

結亜《ゆあ》にツッコまれ、ギリギリと歯ぎしりをしながらバルバトスは清掃作業に戻った。

しかし掃除というものは、やればやっただけ綺麗《きれい》になって結果がわかりやすく目に見える作業だが、一足飛びに進捗が早まることのない地道な作業でもある。

バルバトスは影の集団と共に黙々と手を動かしてはいるものの、ロイヤルハイツ魔王城はあまりに広すぎ、いつになったら全ての清掃が終わるのか見当もつかない。

三十分ほどかけてようやくエントランスの清掃を終えたバルバトスは、既にへとへとに疲れ切っていた。

「はあ……はあ……っ、次は居住区の清掃を……」

バルバトスの目から死んだ魚のように生気が失《う》せているのを見て、結亜《ゆあ》は溜息《ためいき》を吐いた。

「仕方ないなあ」

結亜《ゆあ》が予備の箒《ほうき》を手に取ったのを見て、バルバトスが不思議そうに眉を顰《ひそ》める。

「何のつもりだ、貴様？」

「ただ見てるのも暇だし、手伝ってあげる。止めるならやらないけど」

「止めはしない。止めはしないが……おかしいではないか。そもそも貴様は、余がこの土地に城を置くことには反対だったはずだぞ？」

心底不思議そうなバルバトスの問いに、結亜《ゆあ》は箒《ほうき》で床を掃きながらぽつぽつ呟《つぶや》くように答える。

「まあ、確かに反対はしたけど。このお城がちゃんとマンションとしてやっていけるなら、それはそれで構わないし。それに……」

「それに？」

「……バルバトスが思ったよりも頑張ってるから、ちょっと放っておけなくなったというか」

言いながら照れ臭くなったのか、結亜《ゆあ》は斜め上を向いて口を尖《とが》らせる。それを見るバルバトスの表情は、感謝とも感動ともかけ離れた、まるで珍獣を見るような目つきだった。

「全く意味がわからんな。どういう理屈だそれは」

「あ……あのねえ……！」

「やはり人類などの考えることは理解できん。まあ、余に不利益にならなければ問題は無い。

せいぜい真面目に働くがいい」

「急激に手伝うのをやめたくなってきたんだけど」

「一度やると言ったことはやるものだぞ。早々に投げ出すとは、誠意に欠けるのではないか？」

「ああ、はい、そうですね！　すいませんでした！」

少女の情緒を全く理解しないバルバトスの発言に、親切心を無下にされた結亜《ゆあ》は半ば自棄《やけ》になって箒《ほうき》を動かした。

「シグナ。貴様も手伝ったらどうなのだ」

「断る。勇者として、どんな小さなことでも魔族に協力するつもりはない！」

「しかし、この作業はなかなか負荷がかかるぞ。いい鍛錬になるのではないかな」

「なんだって⁉」

それを聞くや否《いな》や、シグナは床に雑巾を置き、左右に擦り始めた。

「確かに上腕三頭筋や広背筋に効くかもしれないな、この動きは」

「なんと扱いやすい男……」

聞こえないようにぼそりと呟《つぶや》いて、バルバトスは再び清掃に勤《いそ》しんだ。

それから、一時間近くが経過した。

「勝った。余は掃除を征したのだ。思えば長く苦しい戦いであった……」

バルバトスは一大行事をやり遂げたという達成感に浸り、反り返って腰を伸ばした。どう考えても魔王の肩書にはふさわしくない姿だが、しかし、その表情は晴れやかだ。

「なんか全部終わったみたいな空気出してるけど、最低限人目につくところしか掃除してないよね？」

「うるさい黙れっ。おいおいやっていけばいいのだ！　今は成功体験と達成感によって、今後も継続して掃除をしようという意思を保つことが大事なのだ！」

結亜《ゆあ》のツッコミに、バルバトスは猛犬が噛《か》みつくような勢いで反論した。掃除を終わらせたという喜びに余程横やりを入れられたくないらしい。

「そもそも、掃除が終わってもまだ問題は残ってるでしょ」

「そういえば電気がどうとか言っていたような」

結亜《ゆあ》とシグナが指摘すると、バルバトスは待っていましたと言わんばかりに両手を大きく広げ、声を上げて笑った。

「くっはははは！　そう慌てるな。その問題はすぐに解決する！」

言うが早いか、バルバトスは手近な壁に手をついて扉を生成し、開いた。

バルバトスだけが生成できる、城内の短縮経路。扉が通じた場所は、ロイヤルハイツ魔王城の四つの尖塔《せんとう》の一つにあり、用途もなく物置と化している部屋だ。

「どうする気なの。バルバトス」

電気を使うのに、電力会社との契約を行わずしてどうにかできるとは思えない。結亜《ゆあ》だけでなく誰もがそう考えるだろう。

しかし部屋の中央に位置取ったバルバトスは、予想だにしない行動に出た。

「冒瀆《ぼうとく》の罪の音、其《そ》は青銅の橋を渡りし蹄《ひづめ》の響き……巡れ。『偽装雷霆《らいてい》』」

バルバトスが詠唱と共に両掌《てのひら》を突き出す。その掌《てのひら》から青白い火花が飛んだかと思うと、バリバリと音を立てる巨大な球状の物体が生成された。

「見ろ、電気だ。これで人間どもは満足するであろう」

得意げなバルバトスに、結亜《ゆあ》も思わず息を呑《の》んで目の前の光景に見入った。

電気などどうとでもなる、と豪語しただけはある。青白い、球形の雷とでも呼ぶべきものが部屋の中央に浮かんでいる。

バルバトスが結亜《ゆあ》から借り受けた湯沸かしポットのコンセントをその雷球に突っ込むと、ランプが灯《とも》って正常に動作した。

「確かにすごいよ。すごいけど……」

「けど、何だ」

バルバトスの魔法の万能性に圧倒されつつも、結亜《ゆあ》はふと浮かんだ疑問を口にする。

「ここに電気があっても、部屋に住んでる人はどうやって使うの？」

「どうやって、だと？」

バルバトスは無造作に雷球に手を突っ込むと、その一部をむしり取った。

「こうやって使う分だけ千切って持っていけばいいではないか」

「人間は電気を千切って持っていったり出来ない！」

「え」

結亜《ゆあ》の叫びに、今まさに電気の塊を千切って手に取っていたシグナが困惑した。

「僕、出来たんだけど……」

「痛くないんですか？」

「痛いよ。でも我慢してる」

「それを我慢できる人は、人間の範囲に含めていいかどうかちょっと微妙です」

「えっ、それは困る」

慌てて、シグナは手にした電気の塊を元の巨大な雷球へと押し戻した。あまりにも物理法則を無視したやりとりに立《た》ち眩《くら》みでもしたのか、結亜《ゆあ》は壁に手をついてその様を眺めている。

「全く、人類は世話が焼けるな。ならばこいつは銅の線でも使って各部屋に分配するか」

「そうして。えっ……ちょっと待った、もしかしてこのマンション、水道代とガス代に加えて電気代も要らなくなるの……？」

電気代どころか、もしもこの技術が表に出れば画期的なエネルギー源として国の経済まで揺るがしかねない。

結亜《ゆあ》は少し考え込んだが、一旦忘れることにした。

いつまた人類を滅ぼすと言い出すかわからない者に国のエネルギー政策が左右されるのはあまりに危険だからだ。

「どうだ、これでロイヤルハイツ魔王城は完璧なマンションとなった！　入居を希望する人類どもが押し寄せてくるのが目に浮かぶわ！　くっははは……は……」

勝利の高笑いをしていたバルバトスが、突然仰向けにひっくり返った。

「ちょっとバルバトス⁉　どうしたの⁉」

結亜《ゆあ》が慌てて駆け寄り呼びかけたが、返事は無い。完全に白目をむいて気絶している。シグナが後ろから覗《のぞ》き込み、呆《あき》れたように息を吐いた。

「ははあ。これは……魔力が薄いところで大きな魔法を連発したので、魔力切れになったようだな」

影の分身を創り出す魔法に、巨大な雷球を出す魔法。事も無げに連発しているように見えたが、それなりに消耗していたらしい。

「大丈夫なの？」

「少し休めば回復するだろう。僕はそれを待つつもりはないが」

「え？」

回復を待たないとはどういうことか、結亜《ゆあ》はその発言の意味を問おうとした。

だが、シグナは既に行動に移っていた。詠唱と共に、剣を手にしていた。

星煌剣《せいこうけん》アークトゥルス。シグナが神より授けられた聖なる剣だ。

「シグナさん……なんで今、剣なんか出すんですか？」

「そこを退いてくれ、結亜《ゆあ》さん。今ならば確実にバルバトスを始末できる。千載一遇の好機だ」

シグナの表情は、普段と何ら変わりはない。爽やかな微笑《ほほえ》み。逆にそれが、結亜《ゆあ》の恐怖を煽《あお》った。

「ちょっと待ってよ！　今バルバトスは、このお城をマンションとしてやっていくために頑張ってるでしょ。それが何で、殺すとかそういう話になるの⁉」

「確かに、今のバルバトスは管理人としての務めを果たそうとしているように見える。人間と共に暮らすために努力をしているように見える」

「だったら、なんで⁉」

「そう見えるだけだからだよ」

「見えるだけ？」

「そうだ。結亜《ゆあ》さん。魔族と人間というのは、根本的に全く違う生き物なんだ。結局、わかり合うことなんてできないんだよ」

はっきりと確信をもっているのがわかる、断定的な物言いだった。

「……たとえ、そうだとしても」

結亜《ゆあ》は、バルバトスとシグナ、というよりも二人がもと居た世界で魔族と人間という種族がどんな歴史を辿《たど》ってきたのかを知らない。

だから結亜《ゆあ》は、価値観や倫理観とは別の、自分の感情を語るしかなかった。

「こんな風に、一生懸命頑張って倒れてる魔王を倒す勇者っていうのは、私は嫌です」

そう言って、バルバトスを庇《かば》うようにして前に立つ。

シグナは目を閉じ、ふう、と息を吐いて、手にした剣を頭上に掲げた。

結亜《ゆあ》は反射的に身を固くしたが、剣はそのまま光の粒となって霧散した。

「そうやって庇《かば》われてしまうと、手の出しようがないな。勇者である僕が、人間を傷つけるわけにはいかないから」

その言葉に、結亜《ゆあ》はようやく安堵《あんど》することができた。背にはどっと汗が噴き出している。

シグナは歩いて部屋を出ようとし、一度振り返ってもう一言付け加えた。

「結亜《ゆあ》さん、これだけは覚えておいて欲しい。もしも魔族と心が通じ合ったと思っても、それは錯覚だ。必ず後悔することになる」

結亜《ゆあ》は何も答えられなかった。

その言葉の意味を知るのは、まだ少し先の話になるのだった。

第三話　面白側の人間たち

　バルバトスが城内の清掃を始めて四日後、ロイヤルハイツ魔王城がオープンしてちょうど一週間がたった日のこと。

　入居希望者が現れたという報《しら》せを受け、神代結亜《かみしろゆあ》は学校帰りに慌ててロイヤルハイツ魔王城へ駆けつけた。結亜《ゆあ》の学校に突然影のバルバトスがやってきて伝言の書かれた紙を受け取った際にはちょっとした騒ぎになったが、この際それは二の次だった。

　バルバトスが、管理人としてその入居希望者たちと面談をする手筈《てはず》を勝手に整えていたからだ。

「結亜《ゆあ》、貴様も面談に参加しろ。居住が決まった者について後から文句を言われてはかなわんからな」

「なんで面談とかそういうこと勝手に決めちゃうかな⁉」

「どんな人物か、結局会って話してみなければ詳しいことは分からんではないか」

「それはそうだけど。……入居希望の人、絶対すぐに帰ると思うよ」

「何を根拠にそう言う？」

「だって、この光景を見たらさあ」

頭に角のある偉そうな男。

制服姿の女子高生。

ぬいぐるみを抱いた幼女。

こんな集団が面談を担当するマンションは、どう考えてもまともではない。

「なんでネフィリーちゃんまで……」

「お昼寝も終わって退屈そうだったからな」

「どんなひとが来るか、たのしみ！」

ネフィリーはふんふんと鼻息を荒くしている。

そこへ、勢いよく会議室の扉が開いてシグナが現れた。

「その面談とやら、僕も参加するぞ！　住民代表として、同居する人物は厳しく審査させてもらう！」

胸に「ノーモアいさかい」と書かれたTシャツを着た、胡乱《うろん》な勇者が面談のメンバーに追加されてしまった。

「もうどうにでもなれ……」

あきらめの境地に達した結亜《ゆあ》は、どの道この光景を見た者はすぐに回れ右して帰るだろうと

自分に言い聞かせ、大人しく席に着いた。

丁度そのタイミングでドアがノックされ、一人目の入居希望者を迎える緊張の瞬間が訪れる。

バルバトスは腕組みし、厳かに呼びかけた。

「入るがいい」

「どうぞお入りください、でしょ！」

「フン……どうぞお入りください」

ドアが開くと、目に痛いほどの極彩色の女性が姿を現した。

黒髪に明るい紫のメッシュを入れ、口紅は真っ赤、アイシャドウは緑。身に着けているのは、スパンコールをちりばめ、襟の立った独特のデザインのドレス。

美人ではあるが、あまりにも近寄りがたいオーラを放っている。

女性はしずしずと歩き、バルバトスたちの姿を一通り眺め、椅子に着席した。

「か……帰らない……⁉」

予想を外した結亜《ゆあ》は激しく狼狽《ろうばい》した。

この異様な面談メンバーを目の当《ま》たりにして即刻部屋を出ないという事は、目の前の人物も相当な変人である可能性が高い。

「羅刹天憂世《らせつてんうきよ》、ですわ」

「あの……失礼ですけど、それ、本名でしょうか？」

結亜《ゆあ》が思わず尋ねると、女性はまっすぐに前を向いたまま棒読みで答える。

「本名とは何でしょうか。わたくし、常々疑問に思っています。望まず、無意識のうちに親に付けられた名が本当の名でしょうか？　わたくしが自分自身を定義する名。そちらこそが本名と呼ばれるべきなのではないかと。ですから……」

ぴくりとも表情を変えずに、女性は一息に言い放った。

「わたくしの本名は羅刹天憂世《らせってんうきよ》なのです」

バルバトスが手にした資料には、羅刹天憂世《らせってんうきよ》の戸籍上の本名と思われる名が記されている。

しかし、うかつにそちらの名で呼んだりすると要らない諍《いさか》いを生む可能性がある。

故にバルバトスは本人に提示された名を受け入れることにした。

「では、その……羅刹天憂世《らせってんうきよ》。貴様は当マンション、ロイヤルハイツ魔王城に入居を希望するのだな？」

客に対して敬語を使おうともしないバルバトスに結亜《ゆあ》は頭を抱えたが、言われた当人はそんな事はさほど気にしていないようだった。

「はい。事前にご連絡した通り、賃貸での入居を希望しますわ」

「こういう言い方するのもなんですけど、よくこんなところに入居する気になりましたね……？」

結亜《ゆあ》がおっかなびっくり質問すると、憂世《うきよ》は結亜《ゆあ》ではなく城の壁や天井に視線を送りながら答えた。

「この城は素晴らしい。わたくしのセンスが、創作意欲が……ゾクゾクと刺激されますわ。これはもう入居するしかありません」

「ほう。貴様は画家らしいが、人間の分際で分かる者には分かるのだなあ」

「分際とか言うな、バルバトス！　人間に失礼だぞ！」

「今すぐにでもこの思いを描きなぐりたい。このお城の絵を描かせていただいてもよろしいかしら」

「あの……よろしいかしら、って言いながらもう描き始めてませんか？」

返答を待たず、憂世《うきよ》は既にスケッチブックを取り出して何やら描き始めている。

「まあまあ。とりあえず描かせてみようではないか」

どんな変人であっても、出来上がった作品を見ればある程度理解することが可能なのではないかという淡い期待を込めて、バルバトスたちは黙って完成を待った。

「出来ましたわ」

「かわいい！」

出来上がった絵を見て、ネフィリーが真っ先に声を上げた。バルバトス、結亜《ゆあ》、シグナの三名は目が点になり、固まっている。

「その……余の目が確かならば、その絵は熊にしか見えんのだが……」

「ある意味ではそうです」

スケッチブックには二頭身の熊が三頭、わちゃわちゃ戯《たわむ》れる姿が描かれている。

「この城の絵を描いたのではなかったのか？」

「そうです。これが、この城の本質なのです」

本格的に憂世《うきよ》が何を言っているのか分からず、バルバトスは黙りこくった。

「かわいい！　かわいい！」

ネフィリーだけが憂世《うきよ》の作品を見て大喜びしている。

「どうするの、これ」

「その……わかった。入居の可否は、また連絡する」

バルバトスは、そう言って憂世《うきよ》を見送るのが精いっぱいだった。

嵐のような憂世《うきよ》とのやり取りが終わってすぐ、会議室には次の人物が現れた。

パーカーにだぼだぼのジーンズ、バスケットシューズ。目深《まぶか》にかぶったニットキャップとサングラスで顔の半分以上を隠し、首にかけたヘッドフォンからは重低音のループ・サウンドが漏れ聞こえている。

「なんかまた濃いのが来ちゃったな……」

早くも波乱の予感に震える結亜《ゆあ》を尻目に、バルバトスは淡々と氏名を確認する。

「貴様が入居希望者の澤幸人《さわゆきと》だな？」

「イェア、澤幸人《さわゆきと》。a．k．a（またの名を）MCザヴァー。IN DA HOUSE（ここにあり）」

リズムに乗りながら抑揚をつけて話すMCザヴァーに、バルバトスは目を白黒させている。

「何というか……変わった吟遊詩人だな」

「吟遊詩人っていうか、ラッパーね」

「まあ、それはどうでもいい。貴様は賃貸と購入、どちらを希望するのだ」

MCザヴァーは右手を前後左右に動かし、上体を揺らしながら答える。

「とっとと決めるのがモットー、チンタラ選ばない俺のスタイルは賃貸さ。イェア」

「結亜《ゆあ》さん。ラッパーという職業の人は普段の生活でも皆こんな喋《しゃべ》り方をするんだろうか？」

「ううん。この人だけだと思う……」

シグナも困惑を隠せていない。魔王と勇者とラッパー、正に異文化の邂逅《かいこう》の瞬間だった。

「いぇあ」

ネフィリーが、わからないなりにMCザヴァーの口調を繰り返している。

「して、そのラッパーよ。賃貸を希望……とあるが。貴様、定期収入が無いようだな。家賃の支払いは問題ないのか？」

「先週あったラップバトルのトーナメント、賞金が三百万。この意味、アンダスタン（理解できるか）、イェア？」

「え、すごい。そんな大きな大会で優勝したんですか？」

結亜《ゆあ》が思わず身を乗り出すと、MCザヴァーは首を左右に振って否定した。

「その大会、俺は予戦で敗退。イェア」

「じゃあ何でその話したの⁉」

意図のつかめない話をするMCザヴァーに苛立《いらだ》ち始めた結亜《ゆあ》が大声を出すと、MCザヴァーは再び体を揺らし、リズムに乗せて軽快にリリックを吐き出した。

「この世界、常に狙えるドリーム。次こそ俺は獲《と》りに行く。イェア」

「何を言っているんだこいつは」

「ええと……要するに、今はお金が無いけど、次は優勝するから賞金で払える、って言いたいの？」

「そうだぜ、確かに今俺はノーマネー。でも能がねえわけじゃねえ。イェア」

ビシリと手の振りを止めてポーズを取るMCザヴァーに対し、結亜《ゆあ》の視線は冷たい。

「さすがにこれは駄目でしょ、バルバトス」

「う、ううむ」

毎月の家賃を払えそうにもない人物を入居させるわけにはいかない。これにはバルバトスも反論できず、腕組みして首を捻《ひね》った。

「あの、お願いです。部屋、貸してもらえませんか」

ＭＣザヴァーは突然ラップ調の語り口をやめ、丁寧な言葉で頼み、きれいに頭を下げた。

「何だ。普通に喋《しゃべ》れるのか貴様」

「あ、はい……」

「別にここじゃなくても、もっと家賃の安いところいくらでもありますよ？」

結亜《ゆあ》が拒絶というより心配する口調でそう提案したが、ＭＣザヴァーの意思は固いらしい。

「この城に、ビビッと来たんです。ロイヤルハイツ魔王城……この城なら俺は、王になるライムが生み出せそうな気がする……イェア」

「ふざけるな。余以外に、この城の王などあり得ぬ」

バルバトスは一喝したが、その後に口角を持ち上げた。

「しかしながら、王を目指すというその心意気や良し。思えば余の部下にはそのような気概を持つものが居なさすぎたかもしれんな」

「お前の部下の面接をしてるんじゃないんだぞ、バルバトス？」

シグナの真っ当な指摘がバルバトスの耳に入っている様子はない。

「まあ、安心せよ。悪いようにはしない。入居の可否は後日連絡するぞ」

「大胆な判断に大感謝、そして俺は泣いたんだ！　イェア！」

「ねえ。家賃払えない人は住ませちゃ駄目だからね？　わかってるよね？」

結亜《ゆあ》の念押しを聞いているのかいないのか、バルバトスは上機嫌でMCザヴァーを見送った。

次に会議室を訪れたのは、これと言って見た目に特徴のない夫婦二人組だった。

「八子内進一《やしうちしんいち》、八子内博恵《やしうちひろえ》。家族で入居希望だな」

「はい。うちは共働きでしてぇ、ローンで購入を希望いたします」

「まさかこんな値段で都心にマンションを買えるなんて思わなくて。びっくりしちゃいました！　うふふ」

「……ふむ。収入的に問題はなさそうだな」

「ノリも普通っぽい」

「勇者の僕から見ても善良な市民の気配を感じる」

結亜《ゆあ》もシグナも、ようやくまともな人物が来たと胸をなでおろした。しかし、次の瞬間にその安心はひっくり返された。

「あ、それとですねぇ。うちは息子と娘が十五人居ましてぇ」

「「「十五人⁉」」」

あまりにも意味不明な報告に、この瞬間だけはバルバトスとシグナと結亜《ゆあ》の心が一つになった。

「いや……さすがに十七人が一部屋には住めんだろう。この会議室とほぼ同じ広さだぞ。複数の部屋を購入するのか？」

「いやいや、このくらいの広さがあれば一部屋で大丈夫ですよぉ」

「大丈夫よねえ。うふふ」

夫の進一《しんいち》がいそいそとタブレットを取り出し、画面をバルバトスたちに向ける。

「紹介しますね！　これが長男の正一郎ですぅ」

画面には、水槽に入ってカメラに顔を向けた亀が映っている。

「は？」

「ん？」

「何？」

「カメさんだ！」

三人が呆気《あっけ》に取《と》られ、ネフィリーが顔を輝かせている間に、画面がスライドして次々と別の写真が映し出される。

「こちらが次男のジョーと、長女のフジコですよお」

「あの……それ、インコとウサギですよね？」

「そうですが、それが何か？　うふふ」

夫妻は柔和な表情でにこにこと微笑《ほほえ》みながら説明を続けている。

「これが三男の大地。次女のコーノと三女のコッペッタは双子でしてぇ」

画面にはチンチラ、続けて二匹の黒猫が映る。

「あと四女のミリ、四男のチャカ、五男の……」

「もういい。わかった。大体わかった」

バルバトスは眉間を押さえつつ、手を振って夫妻の語りを中断させた。命名規則も種類もごちゃごちゃの家族紹介を続けられても、まったく頭に入って来ない。

「ネフィリー、ネコちゃんさわっていい？」

手を挙げて質問するネフィリーに、八子内《やしうち》夫妻が顔を綻ばせる。

「いいよぉ。コーノは気難しいところがあるから嫌がるかもねぇ。でもコッペッタは遊ぶのが大好きなんだよぉ」

「動画あるけど見る？　見るよね？　うふふ」

ネフィリーが夫妻に動画を見せられている間に、結亜《ゆあ》がバルバトスにひそひそ耳打ちする。

「バルバトス。そもそもこのマンションって、ペットOKにするの？　それ、聞いてなかったんだけど？」

「か……家族で一緒に住む、としか言われていなかったのでまさか人類ではないとは思わなかったのだ」

「いやぁ、家族が人かそうでないかなんて些細《ささい》な問題ですよぉ。そう思いませんか？」

小声で会話していたにもかかわらず、八子内進一《やしうちしんいち》が猛然と食いついてくる。思わず椅子を後ろに引いたバルバトスに、八子内博恵《やしうちひろえ》も詰め寄った。

「そうです。私たちにとっては大事な子供たちですもの、一緒に入居できないなんて、有り得ませんもの。許可していただけますよね？　許可していただけなければ私は暴れますよ？　うふふ」

夫妻は、二人とも本気の目をしている。

「あ、あー……入居の可否は、追って連絡する」

さすがのバルバトスも、そう言うのがやっとだった。

「次……えーと、野崎登《のざきのぼる》さん」

現れた青年は、黒いスポーツキャップを目深《まぶか》に被《かぶ》り、黒のマスクで口元を覆っている。常に項垂《うなだ》れ気味に下を向いていて、時折ちらちらと上目遣いの視線を送るという、神経質な動きを見せる人物だった。

「……っす。野崎《のざき》っす」

会釈《えしゃく》なのか体の揺れなのか分からない程度の、微妙な角度のお辞儀。

マスクをしたその顔と発された声に、結亜《ゆあ》は覚えがあった。

「すみません。もしかして、ゲームの実況配信やってるノゼルさん……？」

結亜《ゆあ》がおずおずと尋ねると、野崎《のざき》は苦笑した。

「あれ、バレちゃったかな。何でだろう、困ったな」

「いや、バレるも何も配信の時と同じ帽子とマスクしてるし」

キャップにもこれ見よがしに「ノゼル」と配信時に使う名前を書いておいて、バレて困るも何もない。

しかも、本当にバレたくないのであればファングッズを身に着けているだけとでも言い訳すれば済む話だ。素性を隠したいふりをしつつ自己アピールをしたいのが透けて見える。

「なんだ。こいつは有名な人間なのか？」

「ゲームの実況配信……って言っても、バルバトスには分からないか。まあ有名なのは確かだけど、毒舌で、よく炎上してるというか」

ゲーム実況者のノゼルといえば、しょっちゅう揉《も》め事《ごと》を起こしていることで有名な存在。つい先日も、ゲームで対戦した相手の戦法を批判して派手な炎上騒ぎになっている。

「炎上？　何だ、こいつは体に火をつけられても耐えるのか？　人間にしては面白いではないか」

「それは凄《すご》い特技だ！」

炎上の意味を完全に勘違いしたバルバトスとシグナが興味津々《きょうみしんしん》になる反面、当の野崎《のざき》こと
ノゼル本人は不機嫌そうな顔つきになり、姿勢もだらしなく崩し始めた。

「俺は悪くない。他人の揚げ足取るしか能がねえクソ共が、俺に嫉妬してやがるんだ。だから

俺は悪くない……馬鹿ばっかだ、全く！」

吐き捨てるように言ったセリフに、バルバトスがうんうんと頷《うなず》いて賛同を示す。

「分かる。非常に分かるぞ」

「へえ。あんた、分かるの？」

「うむ。人類にはそういうところがある。馬鹿ばかりだ」

「おい！ 人類を一括《くく》りにして語るのはやめろ！」

たまりかねて、シグナが横入りした。

「シグナさんも割とよく人類を一括《くく》りにして語ってる気がするけどな……」

シグナの抗議はあえて無視し、一度咳《せき》ばらいをして、バルバトスはあらためて入居の意思を確認した。

「とにかく、貴様はここへの入居を希望しているのだな？」

「一括で購入希望。また引っ越すかもしれないけど、別に金ならあるし」

相当稼いでいるのか、ノゼルは金銭的には十分な余裕があるらしい。

「あ、ここ防音室入れられるっすよね？ あとネット。ラグが無い回線は絶対要るんで、よろしく。それと、近所づきあいとかは面倒なんで、なるべく近くの部屋に入居れないで欲しいっすわ」

べらべらと矢継ぎ早に要求を並べ立てるノゼルの態度に、結亜《ゆあ》の表情が次第に険しくなっていく。

「善処する、善処するぞ！　入居の可否はまた追って連絡する！　今日の所はさらばだ！」

結亜《ゆあ》が爆発する前に、バルバトスは慌ててノゼルを部屋から追い出した。

◆◆◆◆◆

一通り面接を終えた結亜《ゆあ》は、さっそくバルバトスに詰め寄っていた。

「何なの？」

「な……何なの、とは何がだ？」

とぼけてはいるものの、結亜《ゆあ》とろくに目を合わせられずにいる時点でバルバトスも問題を把握できているのが丸わかりだ。

「わざと問題を起こしそうな人ばっかり選んで集めたの⁉」

「何を言う！　皆、個性豊かで面白そうな人物ばかりではないか！」

「面白さで入居者を決めるなよバルバトス」

窘《たしな》めるシグナに、バルバトスが怪訝《けげん》そうな顔で返す。

「そう言うが、貴様も面白側の人間だろうが」

「なっ、何を言うんだ！　僕に面白い点なんてどこにも無いだろう！」

シグナは憤慨するが、胸に「ノーモアいさかい」と書かれたTシャツを着た男が言ってもあまり説得力はない。

憤懣《ふんまん》やるかたない様子の結亜《ゆあ》は、薄々と感じ取っていたらしい疑問を口にした。

「バルバトス。さては、とにかく空き部屋さえ埋まればいいと思ってるでしょ」

「いや……そのような事実は一切ないが？」

あからさまに目を泳がせ小声で弁解するバルバトスに、結亜《ゆあ》の目が更に険しく細まった。

「とにかく、入居者はもう一回改めて募集し直した方がいいね」

「待てい！　しばし待てい！」

部屋を出て行こうとする結亜《ゆあ》の前に、バルバトスが決死の形相で立ちはだかった。その足元ではネフィリーも、分からないなりにバルバトスの真似《まね》をして両腕を広げている。

「す、住ませてみてもいないうちから問題を起こすと決めつけるのはいかがなものか⁉　皆、この魔王城に住みたいと集ってくれた者たちだぞ！」

「住ませてみて問題が起こってからじゃ遅いんですけど」

「そ、それはそうかもしれんが！　確かにそうかもしれんが……！」

あたふたと手を上下させながら、バルバトスは熱弁する。

「そうやって少し変わった者を誰も彼もが爪弾《つまはじ》きにするから、行き場のない者が生まれるのだぞ！　誰にでも居場所は必要ではないか！」

バルバトスがそう言い放った途端、その場がしんと静まり返った。事態がよく分かっていないネフィリーが、不思議そうに全員の顔を見渡す。

「ん……何を言っているのだ、余は？」

それはバルバトス自身も困惑するほど咄嗟《とっさ》に出た言葉だったが、主張には一理あった。シグナも、結亜《ゆあ》も、簡単には否定できない一理が。

「それは、そうかもしれない」

結亜《ゆあ》が、少しばつが悪そうに応じる。

「いや、待ってくれ結亜《ゆあ》さん！　多数の一般市民のために、少数の変わり者には我慢してもらうというのは、ある意味当然のことで……」

シグナは反論しかけたが、自分でその理論の危うさに気づいたのか、口をつぐんだ。

勇者とは、誰にでも分け隔てなく救いの手を差し伸べなければならない存在。救う対象を選別するような考え方を説くわけにはいかないのだ。

バルバトスは潮目が変わった事を察知し、一転攻勢に出る。

「ん？　ん？　どうしたのだ？　何か反論は無いのか、貴様ら？」

「ううーん……」

「反論が無いのであれば、入居者は決定であろう？　そうだな？」

「それは……」

うまく言い返せない結亜《ゆあ》とシグナの様子に、バルバトスはすっかり上機嫌になった。

「なあに、案ずるな案ずるな。何か問題があれば管理人として対処する。余を信じるのだ。くははははは」

「その全く信用できない笑い方をやめろ、バルバトス！」

と、その時。額に手を当ててため息をついていた結亜《ゆあ》が、突然ぽつりと呟《つぶや》いた。

「……いいこと考えた」

「何だ？　言ってみよ」

もはや自分の優位は揺るがないと高を括《くく》るバルバトスは、快く話の続きを促す。しかし、続いて放たれた言葉はバルバトスの予想だにしないものだった。

「私もここに住む」

「は？」「え？」

バルバトスとシグナが、同時に間抜けな声を上げた。

「とっ……突然何を言い出す貴様⁉」

「いいじゃない。ここに住んでいたら、誰かが問題を起こしたらすぐに気が付くよね。そしたら、その人には出て行ってもらうから」

「そ……そんな、馬鹿なことを……」

涼しい顔をして過激な事を言う結亜《ゆあ》に、シグナも顔を顰《しか》めている。

「あまり感心はできないな、結亜《ゆあ》さん。君まで魔王城に住むなんて」

「おばあちゃんにはちゃんと許可貰《もら》うから」

「いや、京子《きょうこ》さんが許可すればいいという話じゃなくて……」

「そ、そうだそうだ！　若い女の一人暮らしは危険だぞ。おすすめしない！」

シグナに同調して声を上げたバルバトスだが、その論理の瑕疵《かし》にはすかさず結亜《ゆあ》が切り込む。

「それ、管理人のセリフじゃないと思うけど。それともこのマンションは、若い女性が一人で住むには防犯上問題があるんですか？　問題のある住民が住んでいるんですか？」

「ぐ……いや、そんなことは、無いが」

身長の低い結亜《ゆあ》が、ぐっと背伸びし、顔を近づけてバルバトスを睨《にら》みつける。

「覚悟しておいて。私の目は誤魔化せないからね？」

ネフィリーがぬいぐるみの両腕を持って万歳させているのを見て、バルバトスは壁に寄りかかりながら力なく言った。

「喜ぶな、ネフィリー……！」

こうして、ロイヤルハイツ魔王城は次々と契約者を迎え入れることになる。そして当然のことながら、それは更なる混乱と騒動を生むのだった。

◆◆◆◆◆

油を引いたフライパンに卵が落ち、じゅわりと音を立てる。白身が固まり始めたところで水を足し、蓋をして蒸し焼きにする。

新鮮なレタスを手でちぎり、カットしたトマトと一緒に皿に盛り、ドレッシングをかける。

ちょうどいいタイミングでトースターからチン、と焼き上がりを知らせる音が鳴った。

爽やかな朝の調理風景。

しかし、魔王バルバトスは苦虫を嚙《か》み潰したような顔でそれを見ていた。

結亜《ゆあ》はお構いなしに、出来上がったトーストと目玉焼き、サラダをネフィリーの前に置く。

「はい、ネフィリーちゃん出来たよー」

「いただきまあす」

ネフィリーはバターとジャムを塗ったトーストを齧《かじ》り、満面の笑みを浮かべる。

結亜《ゆあ》はその笑顔に満足げに微笑《ほほえ》んで、一緒に食卓に着いた。

「毎朝毎朝押しかけてきおって……なぜ貴様がネフィリーの食事を作るのだ」

結亜《ゆあ》は入居宣言の翌日にはさっさと部屋に入り、それから三日間、ネフィリーの朝ご飯を作るために毎日部屋を訪れている。

平日はわざわざ登校前に部屋に立ち寄って食事を作るという徹底ぶりだ。

「放っておくと、またあの変な煙みたいなご飯だけで済ませるでしょ。ネフィリーちゃんにはちゃんとしたものを食べて欲しいの」

「余が作ったのはちゃんとしたご飯ではないというのか⁉」

「ネフィリーちゃん、あの煙とこっちのご飯と、どっちがおいしい？」

「こっちのごはん！」

「ふぐっ……！」

あっけらかんと答えるネフィリーに、バルバトスが唇を噛《か》んで涙目になる。結亜《ゆあ》は勝ち誇った顔でトマトを口に運んだ。

「ぐ……ぐうう……まあいい。それは仕方あるまい。しかし、なぜ余の分は無いのだ……！」

「毎朝人間の食事なんて食べたくない、って自分が断ったんでしょうが」

恨みがましい言葉に、結亜《ゆあ》が即座に反論した。

「たとえ断られても二度、三度と勧めるのが礼儀というものではないか⁉」

「めんどくさいこと言うな！」

「おいしーい」

半熟の目玉焼きをフォークで持ち上げて齧《かじ》ったネフィリーが、バルバトスの憤《いきどお》りには我関せず、とばかりに歓喜の声を上げた。

「おいしいねー。今日は今までで一番うまく焼けたかも」

喜びでいっぱいのネフィリーを見て、結亜《ゆあ》も満足げに微笑《ほほえ》む。

「ぬううう……！」

憤慨してはいるものの、ネフィリーが喜んでいる以上、バルバトスは結亜《ゆあ》に食事を作るなとも出て行けとも言えない。

「シグナさんも、本当に要らないんですか？」

「ああ……僕は、脂質の少ない……特別な食事を……心がけているからね……！」

「ジョインともだち」と書かれたTシャツ姿のシグナは、先ほどから部屋のリビングにマットを敷いて寝そべり、ストレッチを行っている。

「貴様は貴様で朝っぱらから人の部屋で鍛錬に勤《いそ》しむな、鬱陶しい！」

「ふ、怖いのかバルバトス？　僕が鍛錬によって成長するのが」

「やかましい。貴様に今以上の成長の余地などあるものか。毒の沼地で死に行く枯れかけの樹木のようなものだ」

「だっ、誰が枯れかけだ！　見ていろ、今からこの腹筋ローラーで圧倒的に鍛えるからな！」

「あれこれ器具を持ち込むなァ！　自分の部屋でやれ！」

放っておくと、シグナとバルバトスは永遠に口論を続けてしまう。

「口喧嘩《くちげんか》だけなら別にいいんだけどね……」

結亜《ゆあ》は誰にも聞こえないようにぽつりと呟《つぶや》いた。

先日シグナがバルバトスを始末しようとした出来事、そして、魔族と人間は絶対に理解しあえないと言い切られたことが、結亜《ゆあ》の中で尾を引いていた。

ネフィリーの食事を作るために来ているというのも嘘《うそ》ではないが、半分は目を離したところでシグナがまた凶行に及ぼうとするのではないか、という心配もある。

そうした事情もあって、エスカレートする前にと結亜《ゆあ》は二人の口論に割り込んだ。

「そういえばバルバトス、今のところ住民から苦情とかは何も出てないの？」

「もちろんだ。結亜《ゆあ》よ、貴様は心配のし過ぎだぞ？　このロイヤルハイツ魔王城は上質で豊かな暮らしを提供。住民は平和。世は全て事も無し、というわけだ」

「ふうん。なら、いいけど」

「ごちそうさま！」

食事を終えたネフィリーが、紙の束を手にバルバトスに駆け寄る。

「まおー、ネフィリーおえかきした！」

「ほう！　それは良《い》いな。ネフィリーの描く芸術を堪能《たんのう》させてもらうとしよう……あ痛たたたたたっ!!」

上機嫌でネフィリーの相手をしようとしたバルバトスが、突然右手を押さえて苦しみ始めた。

「まおー、まおーどうした！　きとく？　きとく？」

「ちょっと、いきなりどうしたの⁉」

見れば、バルバトスの右の掌に何やら禍々《まがまが》しい紋様が赤く浮かび上がっている。

「お、おのれ……これは契約印の痛み！」

「……何それ」

「住民の誰かが、このロイヤルハイツ魔王城での暮らしに不満を感じているということだ！」

以前、バルバトスは管理人としてロイヤルハイツ魔王城の住人に『上質で豊かな暮らし』をさせることを魔法によって契約した。その不履行の代償が、痛みとなって現れているらしい。

そして次の瞬間、がんがんと激しく玄関のドアが打ち鳴らされた。

「あ、開いているぞ。何用だ？」

息も絶え絶えなバルバトスがそう言い終わるか言い終わらないかの内に室内に乗り込んで来たのは、羅刹天憂世《らせつてんうきよ》と、澤幸人《さわゆきと》ことMCザヴァーの二人だった。

「この方の部屋、わたくしの隣から変えていただけます⁉」

「安易に聞くなよ、管理人。こいつの言い分はあからさまな我儘《わがまま》。イェア！」

「お黙りなさいこのラッパー崩れ！」

「く、崩れてない！　ギリギリまだ崩れてない！　イェア！」

「ええい、落ち着け落ち着け貴様ら！」

今にも取っ組み合いの喧嘩《けんか》を始めそうな二人を引き離し、バルバトスは声を荒らげた。

「何があったのか、三分以内に過不足なく説明せよ！　始め！」

「イエア、そもそも……」

「いや、ラッパーは黙っていろ。貴様の話は分かりづらい」

しゅんとなったMCザヴァーをいい気味だというような顔で眺めつつ、羅刹天憂世《らせつてんうきよ》は自分の不満を語り始めた。

それによると、一昨日、憂世《うきよ》が制作に疲れてベッドに横になったところ、隣のMCザヴァーの部屋からズンズンとベースの重低音が響き、なかなか寝付けなかったのだという。

その時は、たまにはそういう事もあろうと我慢をした。しかし翌日になって寝不足の目を擦りながら制作の続きに取り掛かろうとすると、再び重低音が漏れ聞こえてくる。

腹に据えかねているところに、昨夜またしても重低音が鳴り響き、憂世《うきよ》は安眠を妨害された。たまらず抗議しに部屋を訪れるも、MCザヴァーはまともに取り合わない。憤慨し、二人そろって管理人であるバルバトスに抗議しに来たという流れらしい。

「一度気になったらもう駄目ですわ。集中して作業したいのに、隣の部屋から音が響いて。日中だけなら他の雑音もありますから我慢しますが、さすがに夜中まで音が響くのはどうかしています！」

「I think 重要なのはタイミング、故に真夜中のライミング、イエァ」

MCザヴァーは相変わらずのラップ混じりで話を始める。

「結亜《ゆあ》、今なんと言ったのだこいつは」

「要するに、思いついたタイミングで作詞作曲したいから、真夜中に歌っても許して欲しいって言ってるみたい……いや、私をラッパーの通訳に使わないでよ」

羅刹天憂世《らせつてんうきよ》は苛立《いらだ》った様子で強く息を吐いた。

「なんと自分勝手な。まったく、音楽家というのははた迷惑な生き物ね」

「そいつはお笑いだな、迷惑はお互い様、イエァ」

MCザヴァーに言い返され、憂世《うきよ》の目が吊《つ》り上《あ》がる。

「聞き捨てなりませんね。わたくしがいつ、何の迷惑をかけたと?」

「あんたの部屋から漂う悪臭、それが苦痛。イエァ」

「なっ……!」

憂世《うきよ》がわなわなと拳を震わせた。MCザヴァーは悪びれもせず、そっぽを向いてリズムに乗っている。

「ひどい侮辱ですわ。よくもこのわたくしに向かって!」

「ふむ。では、検証してみるか」

憤慨する羅刹天憂世《らせつてんうきよ》の様子を意にも介さず、バルバトスは壁に両手を置いて、憂世《うきよ》の部屋の前への直通経路を作り出した。

「……ワッツアップ?」

「……これ、どうなっていますの？」

憂世《うきよ》もＭＣザヴァーも突然目の前に登場した扉に面食らったが、バルバトスがあまりに当然のように中に入っていくので、ツッコみ損ねて後に続いた。

異常な行為をそれと悟られぬように進めるコツは、徹底して主導権を相手に渡さずスピーディーに行う事なのだ。

「ぬう⁉　これはひどい！」

検証するも何も、一目瞭然。憂世《うきよ》の部屋の前には、山のようにゴミ袋が積まれている。

「入居してたった三日でどうしてこんなにゴミが溜《た》まるのだ⁉」

「でも生ゴミは有りませんから、悪臭というのは言いがかりですわ！」

「そういう問題ではないわ！」

バルバトスの目が光り、怒号が壁を震わせる。

「燃えるゴミは月曜木曜！　資源ゴミは金曜、プラ容器は水曜だ！　決められた日に出せばよいではないか！　何故《なぜ》こんな簡単な事が守れんのだ人類は⁉」

憤怒《ふんぬ》の魔王バルバトスを前に、さすがに憂世《うきよ》も若干たじろいでいる。

「それはその、あれですわ。制作に没頭しているとそれ以外のことは頭から消えてしまうものなのです。朝、ゴミを出し忘れるなどというのは些細《ささい》な事」

「ここまで行くと些細《ささい》ではないと思いますけど……」

後ろからついてきて様子を窺っていた結亜《ゆあ》も加勢し、さらにMCザヴァーが追い打ちをかける。

「画家ってのははた迷惑な生き物だな。イェア」

「う……うぐううう！」

自分の言葉をそのまま言い返された憂世《うきよ》は、歯噛《はが》みして屈辱に耐える。

「そ、そもそも！　このマンションの防音性能に問題があるのではなくて⁉」

「こいつの言い分、ぜってぇ駄目だ。ゴミの管理を徹底させせな！　イェア！」

「ぬ……ぬう？」

住民同士の問題と思っていたところに突然二人から矛先を向けられ、バルバトスは呻《うめ》いた。

「わ、わかった。ではとりあえず、二人とも部屋を移動して離れるということでどうか？」

両成敗でお茶を濁そうとしたバルバトスだったが、この提案は火に油を注いでしまった。

「どうしてわたくしまで部屋を移らなければなりませんの？　この男だけで十分ですわ！」

「俺は移らねえ。男ならウロウロしねえ、不動の姿勢！　イェア！」

詰め寄ってくる憂世《うきよ》とMCザヴァーに辟易《へきえき》しつつ、バルバトスは結亜《ゆあ》の視線を気にした。問題を起こす住民には出て行ってもらうと言われている以上、この場は何とか丸く収めなければならない。

「よし、わかった！　ならばラッパーよ、貴様の部屋の壁を全面防音加工に改修してくれるわ！」

「は？　いや、それはさすがに悪いですよ。俺、賃貸だし……」

あまりに唐突な提案に、MCザヴァーはラップ調で喋《しゃべ》るのも忘れてたじろいでいる。

「ちょっと待ってよバルバトス。この人の部屋を防音加工にしたら、他の人の部屋と差が付くでしょ。その分、賃料値上げするの？」

「うっ……！」

結亜《ゆあ》の冷静な指摘に、バルバトスは返答に詰まる。

ただでさえ賃料を払えるかどうか怪しいMCザヴァーが、そんな提案を呑《の》むわけもない。

「賃料値上げ、ぶっちゃけやべえ。考えてくれ他の手立て。イェア」

「ええいわかった、では持ち帰って検討する！　しばし待て！」

MCザヴァーの問題を一旦保留にし、バルバトスは羅刹天憂世《らせってんうきよ》に向き直る。

「画家！　ゴミが溜《た》まったら余の部屋に置け。翌朝、余がゴミ捨て場まで持っていく。それでよかろう！」

「えっ。いえ、何もそこまでせずとも……！」

憂世《うきよ》もまた、急な提案に驚いて唖然《あぜん》とする。

「だから駄目だってば。この人だけにそんなサービスしたら他の人と差が出るでしょうが」

「ぬううっ……！」

「場当たり的に自分の仕事を増やして対処しようとするのやめなさいよ」

至極真っ当な指摘を受け、バルバトスは呻《うめ》きながら反論する。

「しかし余は、このロイヤルハイツ魔王城に住み着く全ての住民に上質で豊かな暮らしを提供する義務がある！　そのためならば余は余自身を犠牲にしても構わぬ！」

「そ、そこまでの覚悟が……!?」

「ジーザス……いい奴《やつ》……イェア」

必死過ぎるバルバトスの様相を熱意の表れと受け止め、クレームを持ち込んだ当人たちは感嘆の声を上げた。

「とにかく、対処する！　対処するが……一度持ち帰り、検討させていただく！　さらばだ！」

結亜《ゆあ》を連れて、バルバトスは魔法で開いた扉をくぐり自分の部屋に戻っていく。

扉が閉じ、羅刹天憂世《らせってんうきよ》とMCザヴァーはその場に取り残された。二人はぽかんと口を開けたまま一度顔を見合わせ、ぷいと顔を背けて、無言でお互いの部屋へと戻っていった。

「まったく、人騒がせな連中だ……」

「まおー、おかえりー！」

自室に戻ったバルバトスがぼやいたところに、ネフィリーが再び紙束を手に駆け寄ってくる。

「待たせたな、ネフィリー。それでは拝見しよう」

バルバトスがほっと一息をつきながら改めてネフィリーの描いた絵を鑑賞しようとしたところ、扉が乱暴にノックされ、返事を待たずにノゼルこと野崎登《のざきのぼる》が怒鳴り込んでくる。

「おい！　俺の上の部屋の夫婦、どうなってんだよ！」

「うぬう……今度は何だというのだ」

げんなりしたバルバトスは億劫《おっくう》そうに応じた。つい先ほどクレームの対応をしたばかりで即座に次のクレームとは、あまりにもタイミングが悪い。

もちろん、ノゼルはそんなことを知る由《よし》も無く、足踏みして急《せ》かしている。

「とにかく来い。あいつら話にならねえ！」

「す、すまんネフィリー。余は今手が離せん。絵はそこの暇人に見せてやれ」

バルバトスは一度手にした紙束をネフィリーに押し戻し、ノゼルの後について部屋を出る。

「誰が暇人だ！　おい！」

腹筋ローラーのトレーニングを終えてダンベルカールに移っていたシグナが抗議する声を背に、バルバトスは部屋を飛び出す。

「朝から疲れるなあ……」

バルバトスだけに任せているとどんな過激な手段で問題を解決するかわからないと、結亜《ゆあ》も渋々ながら後に続いた。

取り残されたネフィリーが珍しく口をへの字にして、バルバトスや結亜《ゆあ》の後ろ姿を恨めしそうに見送っていた事には、誰も気が付かなかった。

ノゼルに連れられて八子内《やしうち》夫妻の部屋を訪れると、夫妻は笑顔でバルバトスたちを出迎えた。

「やあ、どうも管理人さん。どうしましたぁ？」

「ごきげんよう。うふふ」

見たところ、夫婦は二人ともいつも通りのにこにこした温和な表情で、特に不審な点はない。

「うむ。実は余もまだ何が起こったのか把握していないのだが、この男が何やら苦情があるようで……ん？」

先導していたはずなのに忽然《こつぜん》と姿を消したノゼルの姿を捜すと、ノゼルはへっぴり腰で遠くの壁の陰から顔だけ出し、恐々とした様子でこちらを窺っている。

「おい。何をしているのだ貴様」

「そこに……アレが居るだろうが！」

そう言われてふと見れば、八子内進一《やしうちしんいち》の足元に黒猫が纏《まと》わりつくようにして姿を見せている。

「居るな。えー、そいつは何だったか」

「三女のコッペッタですよ。ほら、コッペッタ、皆さんに挨拶して」

進一《しんいち》が抱き上げて頬ずりすると、黒猫はにゃあんと鳴いた。

「ヒッ……」

ノゼルが小さく悲鳴を上げて顔を隠す。

「おい、どうしたのだ。そんなところに隠れていないで速やかに事情を説明せよ」

「どうもこうもねえ！　そいつが俺の部屋のベランダに降りてきやがったんだよ！」

震える指先でノゼルが指さすのは、抱きかかえられている黒猫のコッペッタ。八子内《やしうち》夫妻は、一笑いしてそれを否定した。

「いえいえ、窓から外に出たのは次女のコーノの方ですよぉ」

「そっくりなので、よく間違えられるんですけどね、うふふ。見分け方のコツを教えましょうか？」

「いや、それはどうでもいい」

隙あらば自分たちのペットについて語りたがる夫妻のペースに付き合っていられないと、バルバトスはぴしゃりと申し出を断った。

「で？　この黒猫がベランダに降りてきて、何をしたというのだ？」

「別に何もしてねえけどよ……おっかねえだろ！」

「……は？」

ノゼルが先ほどから壁の陰に隠れているのは、猫に近づかれるのが怖かったかららしい。バルバトスは全身の力が抜けて座り込みそうになり、気力を奮い立たせて堪えた。

「いやぁ、すみません。気を付けてはいたんですが、ケージの掃除をしている時にうっかり窓から逃げてしまいましてぇ」

頭を掻《か》いて恐縮する進一《しんいち》に対し、ノゼルが涙目で怒鳴りつける。

「うっかりで済むか！　ペットを飼うなら、そういう事故が起きないように細心の注意を払うもんだろうが、このボケ！」

「あの、正論だけどちょっと口が悪すぎですよ、ノゼルさん」

「うるせえ！　生き物を飼うならその命に責任を持たなきゃ駄目なんだよ！　少しの油断で取り返しのつかない事態になるだろうが、馬鹿がよぉ！」

結亜《ゆあ》が窘《たしな》めても、ノゼルはまだ腹の虫が治まらないらしい。

しかし、壁の陰から顔だけだして罵倒している姿はややシュールだ。

「あのな……貴様、こんな小さな猫の何がそんなに怖いのだ……？」

不思議そうに尋ねるバルバトスにも、ノゼルは激しい剣幕で嚙《か》みついた。

「何が怖いかなんて人それぞれだろうがっ！　お前に俺の恐怖が分かるのか！　俺の恐怖を取り除けるのか！　出来ねえだろうが！」

「出来るぞ。精神操作であらゆるものに対する恐怖を取り除く」

「絶対にやめなさい」

ノゼルに指先を向けて魔法を使おうとしていたバルバトスの手を、結亜《ゆあ》が無理やり降ろさせた。

「何故《なぜ》だ。このノゼルとやらが死をも恐れぬ戦士となれば、全て解決ではないか？」

「死は恐れさせなさい！　バルバトスはやることが極端すぎるの！」

「ぬう。全く不可解だな、人間の考えは……」

バルバトスは渋々ノゼルの人格改造を諦め、代わりに騒動の根本原因である八子内《やしうち》夫妻に責任を求めることにした。

「まあ、ノゼルの態度はともかく。起こった出来事については八子内《やしうち》夫妻、貴様らの側に責任がある。厳重に注意し、二度と管理を怠らぬよう……」

「生ぬるいだろ。もうペット禁止にしろ、禁止に」

ノゼルが呟《つぶや》いたその一言が余計だった。

「ちょっと待ってくださいよぉ。私たちの娘をここから追い出そうとしているんですかぁ？　もしそうなら、私は……やりますよぉ？」

進一《しんいち》が据わった目で呟《つぶや》く。

「な……何をやるのだ？」

バルバトスの問いにも、進一《しんいち》は答えない。

「夫はやりますよ。うふふ」

博恵《ひろえ》がにこやかな顔のまま頷《うなず》いた。

「いや、怖いから何をやるのか述語を明確にしてくださいよ！」

結亜《ゆあ》もたまらず叫ぶ。

「おい、ノゼル！　貴様のせいで話がこじれたではないか、いい加減出てきて直接話し合ったらどうなのだ！」

急に水を向けられたノゼルは、変わらず壁の陰から顔だけ出して必死に抗議を始める。

「お……俺は今、伝説のクソゲー二十四時間耐久配信やってんの！　いったん離席してるけど、早く戻らなきゃならねーんだよ！」

「そんな貴様の個人的な都合など知るか！」

「個人的じゃねえ！　二万人近いリスナーが待ってんだ！」

個人のゲーム実況配信で視聴者二万人といえば相当な数だが、バルバトスには今一つその凄《すご》さは実感できていない。

それは八子《やし》内《うち》夫妻も同じのようだった。

「二万人が何ですぅ？　私たちにとってはたった一人の娘なんですがぁ？」

「そうですよ、子供のいない方に私たちの気持ちがわかるんですか？　うふふ」

バルバトスとノゼルの言い合いに八子《やし》内《うち》夫妻も参戦し、状況はますます混乱していく。

「わ、わからん。それはわからんが……」

「ペット禁止！　ペット禁止！」

「やりますよぉ？　やりますよぉ？」

八子内《やしうち》夫妻とノゼルの板挟みになったバルバトスは、頭を抱えて叫んだ。

「わ、わかったわかった！　では、ペット用にロイヤルハイツ魔王城の別館を建てよう！　八《や》子内《しうち》夫妻はそちらに住めばよい！」

「ええっ？」

「はあ？」

バルバトスの突拍子もない提案に、夫妻もノゼルも驚いて言葉を失った。

ペットを住ませるためにマンションにわざわざ別館を建設するなどという話は聞いたこともない。

「別館って、そんな土地どこにあるのバルバトス」

地主の孫として当然のツッコミを入れる結亜《ゆあ》に対し、バルバトスは魔王然とした態度と高笑いで応えた。

「くっはははは。そんなもの、近辺の適当な地を侵略し、支配すればよかろう！」

「何もよくない。却下」

「何だとぉ！」

にべもなく提案を却下されて拳を震わせるバルバトス。一方で、八子内《やしうち》夫妻は動揺に声を震わせていた。

「管理人さん……ほ、本気で言っているんですかぁ……？」

「当たり前だ！　余は常に本気だ。このロイヤルハイツ魔王城に住む者に対しては、誰であれ上質で豊かな暮らしを提供せねばならん。貴様の十五人の子供たちも、もちろんその対象なのだ！」

『魔王バルバトスの名にかけて、この魔王城に住まう者たちには一生上質で豊かな暮らしを約束する』というのが、バルバトスが魔法で契約した内容だ。

対象を魔王城に『住まう者たち』として『住まう人間たち』に限定しなかったために人間以外の生物も対象になってしまったのは、一種のバグのようなもの。

しかし事情を知らない者から見れば、ペットを我が子同然に愛する八子内《やしうち》夫妻に最大限寄り添った発言に聞こえる。

「立派な事言うのはいいけど、現実的には何か別の方法を考えなきゃ駄目でしょ」

「それはまあ、そうなのだが」

バルバトスは結亜《ゆあ》のツッコミをあっさりと肯定し、眉間を指で揉《も》み始めた。

「この問題は余が必ず解決する。必ずだ。だがしかし、現在の所は何も思い浮かばないので……いったん持ち帰って検討してやるとしよう！　喜べ！」

実際には問題の解決を先送りにしているだけなのだが、それをまるで感謝すべき事のように言い放って、バルバトスは素早くその場から退散した。

取り残された八子内《やしうち》夫妻とノゼルは、ぽかんと口を開けたままその後ろ姿を見送るばかりだった。

「うう……戻ったぞ……」

すっかり疲れ果てて足取りもおぼつかないバルバトスが自室に戻ると、そこには変わらずトレーニングを続けているシグナだけが居た。

バルバトスは半目で室内をぐるりと見渡し、ぼそぼそ声で尋ねる。

「おい、シグナ。ネフィリーはどうした？」

「うん？　そういえば、さっきから見ていないな」

一瞬固まったバルバトスは、どたばたと奥の部屋へ駆け込み、すぐに戻った。血相を変えて頬に手を当て、絶望的な声を上げる。

「居ない！」

「え？　居ないって、ネフィリーちゃん？」

一歩遅れて戻った結亜《ゆあ》も、事態を把握して顔を強張《こわば》らせる。

「シグナ！　貴様ァ、無能番付の頂点に立つ気か⁉　ネフィリーが居なくなったことに気が付かなかったのか！」

「そ、そんなこと言われても僕は忙しかったし」

「クソたわけ！　その無駄筋肉などを鍛える暇があったら、ネフィリーのために生きた玩具となって娯楽を提供すればよかったのだ！」

「ひ、酷《ひど》い。あんまりだ」

ショックに震えるシグナを放置して、バルバトスは壁に手をついて扉を作り出した。

「どうするの、バルバトス？」

「とにかく、虱潰《しらみつぶ》しに捜してみるしかあるまい。城門が動いた様子はないし、城の外にまでは出ておらんはずだ！」

「なら、私も捜すの手伝うよ」

「む……許そう」

結亜《ゆあ》からの提案に、バルバトスは一度面食らった顔をしたものの、すぐに頷《うなず》いた。

「あ、あの、僕も手伝おうか？」

一転、シグナの必死なアピールにバルバトスは氷よりも冷たい視線を向ける。

「貴様は留守番だ。この部屋に留まって、住民のクレームに対処しろ」

「何故《なぜ》僕がそんなことを⁉」

「せめて子供の使い程度の役には立てということだ！」

吐き捨てるように言って、バルバトスは部屋を飛び出した。

「ぼ……僕が悪いのか……？　僕、そこまで悪くないよな？」

取り残されたシグナは悲しみに暮れ、虚空《こくう》に問いかけるが、答えを返してくれる者はどこにも居ないのだった。

次々と壁に扉を作り出し、開いて飛び込んではまた次の扉へ向かい、バルバトスは四方八方に向かって叫び声を上げ続ける。

「ネフィリー！　ネフィリィーッ！　余が来たぞ！　ネフィリィイイ！」

「な……何？　何をしていますの？」

「あ、すみません。ちょっと、子供が迷子になったみたいで……」

駆け抜けるバルバトス。何事かと顔を出す住人。弁解して回る結亜《ゆあ》。

「ネフィリー！　ネフィリィーッ！　返事をせよ！　ネフィリィイイイイ!!」

「いったい何の騒ぎですかぁ？」

「すみません。お騒がせしてます。子供が迷子で……」

ロイヤルハイツ魔王城を、嵐のように喧騒《けんそう》が行き来する。

もちろん、そんな激しさが永遠に続くわけではない。バルバトスの足取りは次第に重くなり、声も掠《かす》れてくる。

「ネフィリー……どこだ……放置して悪かった、返事をしてくれぇ……」

叫び疲れてしょんぼりしているバルバトスの姿に、結亜《ゆあ》はふと浮かんだ疑問を口にせずにはいられなかった。

「あのさ。ネフィリーちゃんって、バルバトスの子供ってわけじゃないんだよね？」

「そうだが。それがどうした」

「いや……その割には、すごく親身になってるなって」

バルバトスが魔王然と振舞おうとして失敗していることは度々あるが、ネフィリーの前では、そうした役割的な振舞いを放棄して全力で愛護に走っている。

そこには何か、同じ魔族だからというだけではない、特別な思いがあるように見える。

「まあな。ネフィリーは、偶然にも発生の瞬間に余が立ち会った。よって、余に面倒を見る責任がある」

「発生？」

誕生ではなく、発生。妙な言葉遣いに結亜《ゆあ》は引っかかった。

「そうだ。余が見ている前で発生したのだ」

結亜《ゆあ》がオウム返しに聞いても訂正しない。言い間違いではなく、明確に使い分けてそう言ったということだ。

結亜《ゆあ》が足を止めた事で、バルバトスはその困惑にようやく気が付いたようだった。

「……そうか。この世界の人間には、そもそも魔族の発生の仕組みすら知られていないのだな」

「どういう事なの？」

「余が生まれ育ったロッケンヘイムでは、こちらの世界とは違い、いたるところに魔力が満ちている。その魔力が何かに寄り集まった時、魔族は発生するのだ」

「何か、って何よ」

「様々だ。虫や獣であったり、草木であったり。水や、風や、土の場合もある。そこに意志が芽生え、体が出来上がり、魔族となるのだ」

バルバトスが淡々と語った内容に、結亜《ゆあ》は思わず大声を上げた。

「そんなの……人間とは全然違うじゃん！」

「当たり前だ。人間と魔族は、全く次元の違う存在だが？」

寿命だとか、能力だとか、そう言った意味での話ではない。そもそもの成り立ちが全く違うのだ。

シグナが言った、人間と魔族は根本的に異なるという言葉の意味は、このことを示していたに違いない。

「ってことは、バルバトスもある日急に発生したの？　お父さんもお母さんも居ないの？」

「居ない。発生の起源となった物によっては、家族を持つ魔族も居るがな。獣が元になっている場合が分かりやすいか」

突拍子もない話にくらくらしながら、結亜《ゆあ》の中には新たな疑問が沸き上がった。

「じゃあ、バルバトスって……元は何なの？」

この問いに、バルバトスは冷たい声と視線で答えた。

「覚えておけ。見た目で簡単に判別されてしまうような場合を除けば、魔族が自分から起源を明かすことはない。それは己の弱点を含め、全てを曝《さら》け出《だ》すことになるのだからな」

「……意味がよく分からないんだけど」

「貴様ら人間の基準でたとえてやろう。全裸で、自分の秘密の日記を大声で読み上げながら人混みを練り歩くようなものだ」

「めちゃくちゃ分かりやすいたとえ、ありがとう」

全く違う生態の生物に心情を理解できるよう伝える能力の高さを、結亜《ゆあ》は素直に称賛した。

もっともバルバトスの場合、普段から他者の心情を理解する能力は低すぎてアンバランスではあるが。

「最初から親が居ないのか。それはそれで楽かもね」

「何がだ？」

ネフィリーを捜す動作は絶え間なく続けながら、バルバトスは聞き返した。

「親子の繋《つな》がりって、結構めんどくさい事もあるし」

結亜《ゆあ》と親の間に何か問題があるらしいことは、祖母の京子《きょうこ》の家を訪ねた際にバルバトスも知っている。結亜《ゆあ》の話題の転換はやや唐突で、その話を聞いてもらいたがっているようでもあった。

しかし、バルバトスは冷たく言い放った。

「親の庇護《ひご》下にありながら親に文句を言うとは、片腹痛いな。そんなに親が嫌なら、さっさと独立すれば良いのだ」

「嫌とか、そういう単純な話じゃないの」

「ならばどういう話だ」

ふう、と一度ため息をついて、結亜《ゆあ》はまた話を転換させる。

「魔族って、結婚はするの？」

「婚姻か。本来不要なものだが、協力関係を築くために行うことはある。脆弱《ぜいじゃく》な人類にとっては、契約によって互いの生活を補助する約束事であろう」

「それはすごく一面的な見方だけど……まあ、分かってるならいいや」

結亜《ゆあ》は、踵《かかと》で床を強く鳴らすように蹴ってぼそぼそと語り始めた。

「うちは、私が小さい時にお父さんが死んじゃって。おじいちゃんとおばあちゃんはよく助けてくれたけど、ずっとお母さんと二人でやってきたの」

「母親。貴子《たかこ》といったか」

「呼び捨てにしないで」

「貴子《たかこ》さん」

「そう。それなりに苦労はしたけど、別にそれでいいと思ってた。不満は無かったよ」

結亜《ゆあ》は遠い目をして語った。その目には、幼少期からこれまでの思い出が映っているに違いない。

「でも、お母さんが再婚したいって言いだして。相手の人を紹介されて」

「なるほど。貴様は母親の選んだ新しい伴侶が気に入らぬというわけだ」

「いや、そういうわけじゃ……」

結亜《ゆあ》の沈黙に、バルバトスは白け切った顔を作った。

「やはりくだらん。全く理解できんな」

「そんな言い方しなくたっていいでしょ！」

ムッとした様子で顔を上げた結亜《ゆあ》に、バルバトスは臆することも無く答える。

「新しい父親とやらに不満があるのならば、そのまま本人に伝えればよい話ではないか。それで改善されるのか、されないのか。いずれにせよ事態は進む」

「そうかもしれないけど……でもさ」

「黙って逃げ回っていては何も変わらんぞ」

「だから、そんな単純な話じゃないんだってば！」

「何が単純でないのか、まったくわからんのだが？」

業を煮やしたように、バルバトスは正面から結亜《ゆあ》に向き合って説いた。

「普段の貴様は憎らしいほど正論で、しつこく理詰めしてくるではないか、結亜《ゆあ》。それが自分の事となると、どうしてぐだぐだとそう煮え切らんのだ」

「それは……色々あるの。どうせバルバトスにはわからないでしょ」

心の距離をそのまま反映するように、結亜《ゆあ》は、並んで歩いていたバルバトスとの距離を少し離した。

その時だった。

「待て！ 結亜《ゆあ》！」

強く呼び止められても無視して先へ進もうとした結亜《ゆあ》の横の壁から、巨大な刃が飛び出した。

刃は正確に結亜《ゆあ》を目掛けて飛んでくる。もはや身を屈《かが》めて回避することも、手で止めることもできないのがわかった。

結亜《ゆあ》は、生まれて初めてはっきりと死を覚悟した。

「っ……！」

結果として、刃が結亜《ゆあ》の首を跳ねることはなかった。すんでのところで割り込んだバルバトスの手が、刃を摑《つか》んで止めたからだ。

「あの阿呆《あほう》勇者め。中途半端《ちゅうとはんぱ》に罠《わな》の処理を怠りおって」

「バルバトス、手……」

刃を受け止めたバルバトスの掌《てのひら》から赤い血が滴《したた》っている。

「ふん。こんなものはすぐ治る」

言った通り、一度軽く手を振っただけで、バルバトスの傷は影も形もなくなった。

しかし、結亜《ゆあ》の心に生じた疑問は消えない。

「……ねえ。どうして今、私の事助けたの？」

「何だ。不満なのか？」

「不満とかじゃなくて。いつも人類は愚かだ、とか滅ぼしたい、とか言ってるのに、どうして私の事を助けたのかって聞いてるの」

そう問われて、バルバトスは眉間を指で揉《も》んだ。

「咄嗟《とっさ》に手が出たまでだ。たとえば、そうだな。ワイングラスがテーブルから落ちそうな瞬間に立ち会ったら、それが誰のグラスなのか、高価な品なのか、そんなことはいちいち考えず……とりあえず割れぬように手で拾うであろう。それと同じことだ！」

「それは……」

確かにそうするかもしれない。だが、図らずもバルバトスは、自身が人間と変わらない発想をすることを証明してしまっていた。

存在としての成り立ちが違っても、親子の関係を理解できなくても。

「それに、話の途中で死なれては続きが気にかかるからな。うむ、そうだ。きっとそういう事であろう！」

「ふ……何、それ」

自分で自分に言い聞かせるようなバルバトスの口調に、結亜《ゆあ》は思わずくすくすと笑いだした。

「ええい、もっと気を付けて歩け！　また罠《わな》にかかるぞ！」

突然、バルバトスが結亜《ゆあ》の手を握った。

「ちょっ……⁉」

結亜《ゆあ》の戸惑いに気が付くこともなく、バルバトスはそのまま手を引いて歩く。まるで、親が小さな子供の手を引くように。

魔族であるバルバトスは、人間とは全く異なる形でこの世に生まれる。人間のような親子関係も無ければ、誰かと愛し合って婚姻を結ぶことも無い。

だから女子の手を握ることに抵抗も無いし、そこに特別な意味も無い。結亜《ゆあ》にとってそうではなくても、お構いなしなのだった。

「なんだ貴様、顔が赤いぞ。体調でも崩したか？」

「べっ、別に！」

バルバトスはしばらくそうして、結亜《ゆあ》の手を繋《つな》いだままネフィリーを捜し回った。

やっと捜し当てたのは、城内の北側にある給水塔の近く、静まり返った通路の真ん中だった。

ネフィリーはぬいぐるみと紙束を手に、何もない空間を見上げて立ち尽くしている。特に怪《け》我《が》などをしている様子もない。

「ネフィリー!!」

「まおー」

振り返ったネフィリーは小さく呟《つぶや》いて、バルバトスに駆け寄り、その胸に勢いよく飛び込んだ。

「まおー、まおー」

「放っておいてすまなかった……余が悪かった、ネフィリー」

ネフィリーを抱きしめて頭を撫《な》でるバルバトスの姿を見て、結亜《ゆあ》はそっと目尻を拭った。バルバトスとネフィリーは別に父と娘の関係ではないが、抱き合ったその姿は、結亜《ゆあ》の遠い記憶の中にしかない情景と重なった。

「まおー、見て、見て」

ネフィリーがバルバトスに向かってがさがさと紙束を差し出す。

「ほうほう。これはドラゴンの絵か？　よく描けている。ロッケンヘイムでの暮らしを懐《なつ》かしんで描いたのか」

「ううん。おととい、おしろの中で見た」

ネフィリーが首を左右に振って否定し、バルバトスは首を傾《かし》げた。

「はて。城内にこのような彫像があったか？」

「そうじゃないよ。かみさまだよ」

「神様？」

今度は結亜《ゆあ》が首を傾《かし》げたが、バルバトスは逆にそれで納得がいったようだった。

「ふむ。では、こちらの世界の土地神の類か」

「土地神？　何、それ」

当然のように言われても、結亜《ゆあ》にとってはなじみのない言葉だ。

「何それ、はなかろう。貴様らの世界の神だぞ」

「そんな事言われても知らないものは知らないよ」

「土地神というのは、その土地に根付いた神のことだ。大方、ここに城が建つ前から居たのだろう」

眉をひそめ、バルバトスがそう説明した。

「魔力の薄いこの世界の土地神など、影響力もたかが知れている。余が存在を感じ取れぬあたり、結亜《ゆあ》の祖父の霊と大して変わらん。放っておいてもさほど害は無いと思うが……」

言葉とは裏腹に、バルバトスはやや渋い表情を見せている。

「人のおじいちゃんを害虫みたいに言うな」

「さほど害は無いと言っているのだ」

「それは多少害がある前提の言い方でしょうが！　ネフィリーちゃん。その神様って、どの辺に居たの？　何か言ってた？」

結亜《ゆあ》が尋ねると、ネフィリーは記憶を辿《たど》ろうとしているのか、上を向いて何度も首を傾《かし》げ始めた。

「んーとね、えっとね……さっきまでここにいた。まおーのこととか、ネフィリーのこととかお話した」

「……ネフィリー。念のためだが、あまりそれらには近づかぬことだ」

「なんで？」

きょとんとして首を傾《かし》げるネフィリーの前に屈《かが》みこみ、バルバトスは言葉を選んで語り掛ける。

「ネフィリーの力は、使いようによってはそういう神に強い力を与えることもできる。それが危険なこともあるのだ」

「……ネフィリー、よくないことした？」

ぬいぐるみをぎゅっと強く抱いて、不安げな表情を浮かべる。

「そうではない。よくないことにならないために、これから注意すればいいのだ」

「わかった」

ネフィリーは真剣な顔でこくんと頷《うなず》き、バルバトスはもう一度その頭を撫《な》でて、この話題を終わらせた。

　すっかり上機嫌になったネフィリーを背負い、バルバトスは自室へ戻った。

「やっと戻ってきた！　遅いぞバルバトス！」

「ぬ……？」

　バルバトスを出迎えたのは、羅刹天憂世《らせつてんうきよ》とMCザヴァー、八子内《やしうち》夫妻とノゼル。そして、勇者シグナ。今のところ、このロイヤルハイツ魔王城に住んでいる全住民だ。

「勢ぞろいで、何用だ？」

　問いかけると、羅刹天憂世《らせつてんうきよ》が前に進み出て、胸に手を当てて答える。

「ゴミの件ですが……やはり、きちんと自分で朝起きて出しますわ。わたくしはこのラッパーとは違います。一人の社会人として、守るべきルールには従います」

「そうか？　まあ、そうしてくれれば願ったりかなったりだが……」

　突然の素直な申し出にバルバトスが戸惑っていると、後ろからMCザヴァーが顔を出して後に続く。

「俺だって、かけないぜ迷惑。ヘッドフォン使って楽曲制作、イェア」

「それは最初から使ってくれればよかったのでは……」

　結亜《ゆあ》が至極真っ当なツッコミを入れたところに、後ろに控えていた八子内《やしうち》夫妻がはにかみながら前に進み出てくる。

「あのぅ……すみません、管理人さん」

「む。ちと待て、まだペット用の別館については解決策が出ていないのだが……」

少し焦《あせ》り気味のバルバトスに対し、八子内進一《やしうちしんいち》は首と手を左右に振って
「いえいえ、いえいえ。あれから反省しましてねぇ。確かに口は悪かったですが、ノゼルさん、でしたかぁ？　そちらの方の言う通り、元々僕たちがコーノを外に出してしまったのが悪かったわけですしぃ。きちんとお詫《わ》びして、お許しいただくべきだなぁと思いましてぇ」

「そうなんです。ノゼルさん、ごめんなさいね。うふふ」

夫婦がきっちりそろって頭を下げると、ノゼルはそっぽを向いてしどろもどろになりながら弁解を始めた。

「い、いや、まあ。別に頭下げろって言ってたわけじゃないし？　俺、そんな器は小さくないし？　ペットが大事なのもわかるし」

「息子と娘たちですよぉ」

「ああ、そ、それね。まあ呼び方も自由だし？　いいんじゃねえの。知らんけど。とにかく、そういう事だから」

ノゼルはがしがしとキャップの上から頭を掻《か》いて、早口でまくしたてる。

そもそもノゼル自身は暴言を吐く以外に特に問題を起こしたわけではないのだが、八子内《やしうち》夫妻との揉《も》め事《ごと》が解決したということを証明するために、わざわざこの場でバルバトスが戻ってくるのを待っていたらしい。

「管理人さんのところにも小さいお子さんがいらっしゃるのに、子供がいる気持ちがわからないなどと決めつけてしまって、ごめんなさいね。うふふ」

背負われた状態からバルバトスの肩によじ登り、今度は肩車されているネフィリーを見て、八子内博恵《やしうちひろえ》が微笑《ほほえ》む。

「全員揃《そろ》って、急に何なのだ……？」

問題が立て続けに解決したとはいえ、あまりに唐突過ぎてうまく呑《の》み込めないでいるバルバトスを相手に、シグナが誇らしげに胸を反らし声を上げた。

「どうだ、バルバトス。僕は見事な留守番っぷりだろう？」

「は？　貴様の留守番は今の状況と何も関係ないだろうが」

「甘いなバルバトス！　お前が戻ってくるまでの間、僕はこの人たちに人として生きるべき正しい道、正義の有り方について説いていたんだ。お前がみんなと和解できたのはそのおかげなんだぞ」

「……そうなのか？」

バルバトスが尋ねると、住民たちは全員首を横に振って否定した。

「いいえ。ちょっと、言っていることがよく分かりませんでしたわ」

「俺は気付く。正義を謳《うた》うのは鼻につくのがリスク。イエア」

「まあ、正論ではあるんですけどねぇ……」

「正論なだけで心には響きませんでしたね。うふふ」

「Tシャツが変」

五人から方向性の一致した見解で叩《たた》きのめされたシグナは、打ちひしがれて床に四《よ》つん這《ば》いになった。

「そ……そんな……」

「もういいから、貴様はさっさと自分の部屋に帰れ。シグナ」

「このTシャツは……お洒落《しゃれ》じゃなかったのか……?」

「一番ショック受けたの、そこなの?」

シグナは肩を落としてその場を去り、それに続くように住民たちもそれぞれの部屋へと引き上げていく。

部屋に残ったのはバルバトスと結亜《ゆあ》、そしてネフィリーだけになった。

「何なのだ。全員が全員、急に大人しく言う事を聞くようになりおって。それなら最初から聞け。余の苦労は何だったのだ」

腑《ふ》に落ちないという顔で腕組みしているバルバトスに、結亜《ゆあ》は自分の考えを話した。

「大人しく聞いてくれるようになったのは、みんな、バルバトスが頑張ってるところを見たからじゃない?」

「……ぬ?」

「頑張ってる人の言う事って、あんまり無下にできないもんだよ」

結亜《ゆあ》が言っているのは、抗議をくだらないクレームと一蹴せずに何とか対応しようとした姿勢や、ネフィリーを捜して走り回っている姿が、住民たちの譲歩に繋《つな》がったのではないかという想像だ。

だが、バルバトスにはその流れが今一つ分からないらしく、眉間を指で揉《も》みながら唸《うな》り続けている。

「ぬううう……そういうものか？　やはり人間というのはよく分からん……ぬうう」

「そんなに悩まなくたっていいじゃん」

「よくない。理由もわからず肯定されては、次回同じような問題が起きた時に解決の方法が分からんではないか。落ち着かん」

難しい顔をしているバルバトスを眺めて、結亜《ゆあ》は自然と頬が緩むのを感じていた。

バルバトス本人は確実に否定するだろうが、人から受ける感情にいちいち困惑している姿は人間とさほど変わり無い。

「気にしなくていいんじゃないの。別に人間同士だって、よく分かんないまま怒ったり、よく分かんないまま仲良くなったりするよ」

「むう……そうか」

「そうだよ。じゃ、私も部屋に戻るね」

結亜《ゆあ》はそう言って、軽い足取りで部屋を出て行った。

残されたバルバトスは、仏頂面《ぶっちょうづら》で腕組みをする。

「……駄目だ。神代結亜《かみしろゆあ》が何をあんなに嬉《うれ》しそうにしているのかも、よくわからん」

捻《ひね》りすぎて痛めるのではないかというほど首を捻《ひね》って、人類の敵である魔王兼管理人は悩み続けた。

第四話　転機はある日突然に

日常とは、代わり映えのしない日々の繰り返し。

しかし、完全に同じ一日が繰り返されることなどありえない。善かれ悪しかれ、時には目に見えないところでも、何らかの変化は起きているものだ。

ネフィリーの朝食作りがすっかり日課となった結亜《ゆあ》は、いつものようにバルバトスたちの部屋を訪れた時、その変化を目撃した。

「えっ、もしかしてそれ、バルバトスが作ったの⁉」

結亜《ゆあ》が見たものは、フォークで目玉焼きを突き刺し口に運んでいるネフィリーの姿だった。

やや焦げ目がついて形も不格好に歪《ゆが》んではいるものの、一応目玉焼きにはなっている。

「フン。魔族の王を見くびってもらっては困る。人類に出来るようなことは、当然余にも出来る。そういうことだ……」

エプロンをして前髪をかき上げ、決めポーズを作って、バルバトスは得意げに言う。

何やら黒こげの物体が台所の隅に山のように積まれていることについては、結亜《ゆあ》はあえて触れなかった。

「そうそう。そういえば、新たに入居希望も何件か来ているのだ。また面談も行わねばなぁ！　この調子ならば、ロイヤルハイツ魔王城の90戸が埋まるのも時間の問題であろう！」

「それは良かったね」

上機嫌で滔々《とうとう》と語るバルバトスに、あえて結亜《ゆあ》は厳しいことを言わずに受け流した。

短い付き合いながらも、結亜《ゆあ》は既にバルバトスの性格を把握し始めている。調子に乗っている時むやみに否定しても、怒りを呼ぶばかりで実りは無いのだ。

そして何より、今の結亜《ゆあ》は指摘しなければならない別の問題を抱えていた。

「ところで……昨日、月の最終日だったから、ちゃんと家賃が口座に振り込まれてるか確認したんだけど」

「そうか、そうか。きちんと振り込まれていたであろう？」

「ううん。全然振り込まれてない。ローンの人も支払われてないって銀行から連絡あったよ」

「そうか、全然……なんだと？」

バルバトスの眉が吊《つ》り上《あ》がった。即座に立ち上がり、立てた五指のうち中指と薬指だけを折り曲げて口元に当て、魔法の詠唱を始める。

「天を駆るタラリアよりもなお速く、薄明に言の葉を伝えよ！　『ロギオス大拡声』！」

「ちょっと、いきなり何を……」

結亜《ゆあ》が止める間もなく、魔法によって拡大されたバルバトスの声はマンション住民全員の脳内に直接響き渡った。

『聞け！　愚かな人間共よ！』

その声に、羅刹天憂世《らせつてんうきよ》はカンバスに向かって塗り進めていた絵筆を盛大に滑らせ、MCザヴァーは自室で録音していたトラックの中に「ホワァアア⁉」という謎の叫びを入れてしまった。八子内《やしうち》夫妻は何事かと首を傾《かし》げただけだったが、ゲームの実況中だったノゼルは飛び上がって椅子から転げ落ちた。

「ちょっとバルバトス！　せめてそこは『当マンションにお住まいの皆様』でしょうが！」

『当マンションにお住まいの人間共よ！』

バルバトスは言い直したが、結亜《ゆあ》のアドバイスを中途半端《ちゆうとはんぱ》に取り入れた結果、余計におかしなアナウンスになってしまっている。

『指定の振込日に誰も家賃を振り込んでおらんとは、どういう了見だ⁉　直ちに余の部屋に集い、弁明せよ！』

元気よく「ごちそうさま」と言うネフィリーの声を聞きながら、またしても新たな悶着《もんちやく》が始まる予感に、結亜《ゆあ》は天を仰いで覚悟を決めた。

程なくして、各部屋の住民がバルバトスの部屋に集まった。自分たちに非があることを自覚していらしく、全員ばつの悪そうな顔をしている。

「初月の賃料は日割り計算で、一ヶ月分より安いのだぞ⁉　何故《なぜ》払えんのだ！　どうして決められた期日に振り込まんのだ⁉」

バルバトスの叱責に対し、先陣を切って羅刹天憂世《らせってんうきよ》が弁明を始める。

「わたくしは別に貧乏ではありません。お金ならあります。ただ……振り込もうとしたのですが、通帳とカードが見つからず。よって、諦めたのですわ」

「諦めるな馬鹿者がぁ！」

羅刹天憂世《らせってんうきよ》の言い訳にもなっていない言い訳に、バルバトスが余計に怒りを募らせ、慌てて結亜《ゆあ》がフォローに入る。

「あ、憂世《うきよ》さん。振込ができないなら、とりあえず今日の所は現金で支払ってもらってもいいですよ」

十分なフォローのはずだったが、憂世《うきよ》は目を泳がせて、もぞもぞと聞き取りにくい声量で返答をする。

「その……実は、財布も見つからないんですわ」

「それじゃ生活できないですよね⁉」

「その通りなのですが、捜すのを後回しにしていましたわ。絵を描いていたので！」

「胸を張って言う事か貴様ァ！」

芸術家が制作に没頭して我を忘れるのはよく聞く話だが、憂世《うきよ》の場合それがあまりにも極端すぎる。

「経済的事情でないのならば、直ちに財布を捜して家賃を支払うがいい」

「それは甘い考えですわ」

肩を竦《すく》め、羅刹天《らせつてん》憂世《うきよ》が微笑を浮かべる。

「わたくしの財布が、捜せばすぐに見つかるとでも？」

「こ……この……！」

それでは、結局支払うお金を持っていないのと変わらない。

辟易《へきえき》したバルバトスはひとまず憂世《うきよ》への叱責を中断し、ＭＣザヴァーを睨《にら》みつけた。

「ラッパー！　ある程度予想通りだったとはいえ、貴様も家賃未納か！」

「予想通り家賃が払えない人を入居させてるのがそもそも駄目なんだけどな……」

結亜《ゆあ》がチクリと文句で刺すが、バルバトスは聞こえないふりでそれを無視した。

「この前言っていたラップバトルの大会はどうなったのだ！　また勝てなかったのか⁉」

「ごめん、それ予選で敗退。でも挑戦する毎回。イェア」

「そんな調子でいつになったら家賃が払えるのだ貴様ァ！」

腹の虫が治まらないどころか沸き立ったバルバトスは、続けて次の対象に怒りを注ぐ。

「八子内進一《やしうちしんいち》！　貴様は定職に就いていて、収入も安定しているはずだろうが！　他はともかく、貴様らのローン返済については全く心配していなかったのだぞ⁉」

「いやあお恥ずかしい。実は、作っちゃいましてねぇ」

「作ったとは、何をだ……？」

「子供たちのスイート・メモリアル・アルバムですよ。うふふ！」

八子内《やしうち》夫妻がどこからともなく取り出したのは、飼っているペットたち（彼らが言うには子供たち）の写真集だった。

中を開くと、亀や猫、ウサギたちの姿が色鮮やかに写されている。

「うわ、写真上手《うま》い。プロが撮ったみたい」

結亜《ゆあ》の率直な感想に、写真撮影を担当したらしい進一《しんいち》が照れ笑いを浮かべる。

「まあ、下手の横好きというやつなんですけどねぇ」

「そう言っていただけると、貯金を犠牲にして自費出版した甲斐《かい》が有ります。うふふ」

「……確かにこれはかわいい。それは認める。が！　そういう問題ではない！」

一瞬絆《ほだ》されかけたバルバトスだが、すぐに再び怒髪天を衝《つ》いた。

「思い出を残すために有り金を使い切ってどうする⁉　現在の生活に必要な金が無くなっては本末転倒ではないか！　この愚か者が！」

「いやはや、仰《おつしや》る通りでぇ……」

確かに、今回ばかりはバルバトスの言う事に全く非が無い。

ひたすら恐縮する八子内《やしうち》夫妻の後ろから、片手を挙げたノゼルがおっかなびっくり声を上げた。

「あの、ちょ、ちょっといいか。そもそも俺は、このマンションの部屋を一括で購入したんだが……？」

「む……？　そういえばそうであったな」

「あ、そうそう。ノゼルさんからはもう、部屋代全額頂いてます。振込も済んでるし」

結亜《ゆあ》にそう言われて、ノゼルはあからさまにほっと胸をなでおろしていた。

どうやら、バルバトスが住民全員を呼び出したために、何か自分にも問題があるのかと勘違いして来てしまったらしい。

「そうだろ！　そうだよな⁉　ったく……こいつらみたいな馬鹿どもと一緒にすんなって！」

「そんなこと言わないでくださいよぉ。よく知りませんが、ノゼルさんはいつ炎上で失職してもおかしくないと聞きましたよぉ。一括購入なんかして大丈夫なんですかぁ」

毒づくノゼルに対し、八子内進一《やしうちしんいち》が苦笑いで同類を求めるようなことを言う。

「誰に聞いたんだよ！　アンチの言うような事真に受けてんじゃねえ。俺は本当に言ったらまずいようなことはギリギリ言わねえんだよ！」

「お前リスキーなのが大好き？　人生綱渡り過ぎ。一にも二にも命が大事。イェア」

「うるせえ！　いちいちラップで心配するな！」

「ええい、静まれ、静まれぃ！」

住民同士が勝手に揉《も》め始めたのを見て、バルバトスは再度自分に注目を集めるため、両目を光らせながら叫んだ。

「わたくしの見間違いかしら。管理人さん、今日が光りませんでした？」

「いやあ、目が光るくらい珍しくないですよぉ。うちのコーノとコッペッタも、暗い所で目が光りますからねぇ」

「ちなみに暗い所で猫ちゃんの目が光るのは、網膜の後ろにタペタムという反射板のようなものが備わっているからですよ。うふふ」

「誰がそんな動物豆知識を披露しろと言った！」

バルバトスが再度叫び、住民たちは肩を竦《すく》めて黙り込む。

「どいつもこいつも……どうしてもっと計画的に金を使わんのだ！　人類には生まれつき金銭を管理する能力が無いのか⁉　いや、それならばとっくに世界中の経済が崩壊しているはず！　ということは、つまり！」

バルバトスは一度言葉を切り、集まった住民たちを指さして一喝した。

「人類ではなく！　貴様らが特別に、金にだらしないのだ‼」

「あっ、バルバトスがようやく人類まとめて否定するのをやめた」

結亜《ゆあ》はそこに感心した。ひどく低レベルな話ではあるが、それは一種の成長と言っていい。

「とにかく、賃貸の者には家賃。購入の者にはローンを！　確実に払ってもらうぞ！」

「払ってと言われても、無いものはありませんわ」

「無理なもんは無理。急には変わらない羽振り。イェア」

「そうですよぉ。どうしろって言うんですかぁ」

住民たちは肩を竦《すく》め、いっせいに反論する。

「どうしろ、だと？　知れたこと。金が無いのならば、稼げば良いのだ」

「稼ぐといっても、どうやってですの？」

「その点は余に任せ……待て。シグナ、貴様何をしている」

そこでようやくバルバトスは、息を殺してしゃがみ込んでいるシグナに気が付いた。

よく考えれば、マンションの住民全員に呼びかければそこには当然シグナも含まれる。バルバトスの行動を逐一監視したがる自称正義の勇者が、妙に大人しいのは不審だった。

「……シグナ。まさかとは思うが、貴様も家賃未納なのか？」

「あ。そういえばシグナさんのも振り込まれてなかった」

バルバトスの質問に結亜《ゆあ》が答えてしまうと、シグナはよろよろとよろめき、床に手を突いて土下座の姿勢を取った。

「来月まで待ってください……」

「貴様ァ！　仮にも勇者ともあろうものが何だその体たらくは⁉」

バルバトスが一際《ひときわ》大きな声で叫びをあげる。シグナに対しては、他の面々よりも更に容赦がない。

「その、体を鍛えるために買ったトレーニング器具とプロテインの代金が意外に嵩《かさ》んで……そう、この世界は必要なものが何でも簡単に買えてしまうから良くない。僕のせいじゃない！」

「貴様のせいだ、たわけ！　たわけ度合いを競っているのだとしたら、シグナ、貴様がこの中でぶっちぎりの首位を独走中だ。下位の者が追いつけるように少し加減をしろ！」

「そんなの競ってない……」

家賃未納という立場的に強く出られないのか、抗議するシグナは声に覇気がない。

「ええい、ならば貴様も同行せよ！　余が直々に貴様らの食《く》い扶持《ぶち》を稼げる場所を用意してやる。心して稼ぎ、家賃を納めるがいい！」

先導するバルバトスの後ろを、不平不満を言いながら住民たちがぞろぞろと付いていく。

「馬鹿ばっかだ、全く……」

呆《あき》れ顔《がお》のノゼルも、付き合う義理もないのに後に続いた。

◆◆◆◆◆

数分の徒歩移動で着いた先は、「味丸屋」というランチ営業も行っているチェーン展開の居酒屋だった。

「この店は即戦力を募集しており、給料も日払い可能だという！　ホール担当、皿洗い担当に分かれてさっさと稼ぐがいい！」

バルバトスに追い立てられるようにして店の営業所に交渉すると、あっという間に羅刹天憂《らせつてんうき》世《よ》とシグナがホール担当、MCザヴァーは皿洗い担当でそれぞれ採用された。若い人材を募集していたため八子内《やしうち》夫妻が弾《はじ》かれてしまったが、幸先《さいさき》は良《い》いと言えるだろう。

「バルバトス、凄《すご》いじゃん。よくこんな所知ってたね」

「適当に歩いていたがたまたま目に入った。僥倖《ぎょうこう》だな」

「単なる行き当たりばったりか。私の感心を返せ……！」

様子を見るために客として入店した結亜《ゆあ》とバルバトスがそんなやり取りをしていると、店の奥から制服に着替えた羅刹天憂世《らせつてんうきよ》が溜息《ためいき》を吐きながら現れた。

「はあ。センスの欠片《かけら》もない格好ですわ」

本人は不満そうだが、傍目《はため》から見れば普段の奇抜な服装よりもよほど見栄《みば》えがいい。

「憂世《うきよ》さんって普通の格好してると普通に美人だな……」

結亜《ゆあ》が思わず呟《つぶや》くと、八子内《やしうち》夫妻とノゼルも頷《うなず》いて同意した。本人の認識と周囲の評価は、必ずしも一致しないものだ。

「……いや、ちょっと待て八子内《やしうち》夫妻よ。貴様らはここで何をしている」

怪訝《けげん》そうな顔のバルバトスの問いに、夫妻ははにかんだような笑みを浮かべた。

「まあまあ。そう言わないでくださいよぉ」

「様子が気になりますもの。うふふ」

自分たちも立場は同じだというのに、野次馬根性丸出しで見物する気らしい。

「ノゼルさんもですか？」

「俺は別に気になったわけじゃねえ。ちょっと暇だったから、ついでだ」

結亜《ゆあ》に尋ねられると、ノゼルは頬杖《ほおづえ》をついてそっぽを向いた。付き合いが良《い》いのか悪いのか、ノゼルの心情はやや摑《つか》みづらいところがある。

「ご注文をどうぞ」

物腰だけは上品かつ丁寧な憂世《うきよ》が早速客からオーダーを取ろうとすると、中年の男がニヤつき、下心丸出しで憂世《うきよ》に話しかけてくる。

「君、かわいいねえ。新人ちゃん？　近くに住んでるのかナ？」

真顔の憂世《うきよ》はその男を見つめ、質問には答えずに一言返した。

「鼻毛が出ていますわ」

「な……！」

絶句する男に対し、憂世《うきよ》はさらに余計な言葉を付け加える。

「右と左の穴……両方から出ていますわ。それはどういう意図があって出しているのかしら」

「ちょっと、バイトの君ぃ⁉」

近くにいた居酒屋の店長が、血相を変えて会話に割り込む。

「お客様に失礼なことを言うんじゃないよ！　早く謝りなさい！」

「いいえ。目に見える部分が本質とは限りません。彼は彼なりの美意識に基づき、故意に鼻毛を出しているのでしょう……さあ、答えてください。その鼻毛の意図は？」

接客業としてあまりにも不適切な物言いに、テーブルから身を乗り出し、こっそり様子を覗っていた結亜《ゆあ》とバルバトスが頭を抱える。

「もう揉《も》め事《ごと》起こしてるんだけど……」

「何故《なぜ》注文を取るくらいのことが穏便に出来んのだ⁉」

「しかしまあ、言っている事には一理あるのではないですかねぇ」

「一理も無いだろ。特大のアホかよ」

フォローに回った進一《しんいち》に対し、ノゼルがお冷の中の氷を噛《か》み砕《くだ》いて、吐き捨てるように言った。

案の定、周囲の注目を浴びた男性客は泣きそうな顔で謝罪を始めている。

「私は……私は何も考えないで鼻毛を出してました。というか、出ていました。すみませんでしたぁ！」

「あら。そうなのですか？　でも、悔やむことはありませんわ。これから貴方《あなた》らしい鼻毛の出し方を追求していけばいいのです」

独特の理論を展開する憂世《うきよ》に、店長は開いた口がふさがらずに立ち尽くす。

一方別のテーブルでは、シグナが客を相手に説教をしていた。

「このメニューは脂質が多すぎる。そして、あなたの体型でこの量を食べるのは自殺行為と言ってもいい。もっと運動をすべきだ」

「余計なお世話だよ！　いいから早く持ってきてくれよ！」

「ならば仕方ない……せめて、今から走り込みに行きましょう！　その後なら食べても大丈夫だと思います！」

「はぁ⁉」

唖然《あぜん》とする客を相手に、シグナは100％の善意で熱く語りかける。

「僕は先日、山形と呼ばれる地まで走りました。景色が綺麗《きれい》でいい所ですよ！　あなたにもあの美しい景色を見せたい」

「な……何言ってんだあんた……もういい、別の店に行くわ」

「ま、待ってください！　せめて茨城……茨城まで一緒に走りませんか⁉」

シグナが逃げる客を追いかけて店の外まで出て行くのを、もはやツッコむ気力も失《う》せたバルバトスと結亜《ゆあ》は死んだような目で見送った。

そのまた一方、洗い場では、MCザヴァーがグラスのふちにスポンジを当て磨いた瞬間、グラスがキュッと音を立てていた。

「……ん？」

MCザヴァーはそのままキュッ、キュッ、とスポンジで音を立て、リズムに乗ってライムを吐き出し始める。

「ガラス磨いて音鳴らすMC、ただ今登場。汚れとかまず水に流す、洗い場沸かすライムかます、イェア」

そのまま、MCザヴァーは流しにおいてある皿をターンテーブルに見立ててキュコキュコ音を鳴らして磨き始めた。

当然のことながら、効率はすこぶる悪い。しかし、山のように積まれている皿を前にMCザヴァーの一人フリースタイルラップはいつまでも続いた。

当然のことだが、三人はすぐにクビになった。

直ちに近場のファミリーレストランに入って反省会を行う事になったが、その空気はすこぶる重い。唯一、事情が分かっていないネフィリーだけがパンケーキを上機嫌でもりもり口に運んでいた。

「……予想以上に酷《ひど》い。貴様ら、なんという社会適応能力の無さだ」

あまりの結果にバルバトスもさすがに意気消沈し、クビになった憂世《うきよ》、MCザヴァー、シグナの三名は返す言葉もなく窓の外を見つめている。

「いやぁ、皆さん本当に酷《ひど》かったですねぇ」

「見ててびっくりしちゃいました。うふふ」

「なにを他人事《ひとごと》のように笑っているのだ貴様らぁ！」

にこやかに談笑する八子内《やしうち》夫妻を見て、げっそりしていたバルバトスは目を見開いて叱りつけた。

「バルバトス。店の中で大声出さないで」

はた迷惑ではあるが、バルバトスの指摘自体は正しい。

「八子内《やしうち》さん、銀行で住宅ローン組んでるんですよね？　それは私たちの意向だけじゃどうにもならないので、なんとか支払ってもらわないと……」

結亜《ゆあ》の心配はもっともで、ローンの返済は契約先に対して毎月決まった額を確実に支払わなければならない。一ヶ月程度ならば返済を待ってくれる契約先も多いが、最悪の場合は元々の支払い額に加えて遅延損害金まで払うことになる。

「最悪、別のところからお金を借りて支払いますかねぇ……」

「頭脳クソ雑魚《ざこ》かよ。返せる当てもないのに新しい借金作ったって、そっちが返せなくて泥沼に嵌《はま》るだけだろーが」

「ですよねぇ、ははは」

「困っちゃいますねえ、うふふ」

ノゼルが容赦なく指摘するが、八子内《やしうち》夫妻は今一つ緊張感のない笑いを返すばかりだ。

「ええい！　金が無いなら、貴様らの作成したあの写真集とやらを売り出せばよいではないか。全人類を虜《とりこ》にすることも不可能ではあるまい。せっかく作り出したかわいさで財を成せ！」

「一応、それも試みたんですけどねぇ」

バルバトスは髪の毛を掻《か》きむしって半分自棄《やけ》になりながら夫妻に向かって提案したが、夫妻が言うには、既に書店に飛び込み営業をかけて、自分たちの作った写真集を置いてもらえないかと直談判《じかだんぱん》したのだという。

「それが何故《なぜ》駄目だったのだ」

「うふふ。売り場全面を使って、盛大にアピールして売り出して欲しいなあと思って！　お願いしたら断られてしまったんですよ。酷《ひど》い話ですよね」

「至極当然ではないか？」

書店には売り出したい本が多数あり、八子内《やしうち》夫妻の写真集のセールスに全力を注ぐわけにはいかない。

異世界からやってきたバルバトスにすらツッコまれるほど非常識な要求が受け入れられなかったのは当然の結果。

しかし、夫妻にとってはそうではなかったらしい。

「なんせうちのかわいい子供たちの晴れ姿ですからねぇ。そのくらいの価値はあると思いませんかぁ？」

「親馬鹿が極まって、正常な判断が出来なくなってると思います」

次第に結亜《ゆあ》のツッコミも厳しさを増してきている。

「次は機材を揃《そろ》えて動画編集にチャレンジしようと思ってるんです。うふふ」

「ローンを払えぬ者がウキウキしながら次の出費の話をするなぁあああ！」

我慢の限界に達したバルバトスが両目を光らせて絶叫する中、ネフィリーはドリンクバーで自分の好きな飲み物だけを集めた全く新たな飲み物を作成するのに夢中になっていた。

◆◆◆◆

何の成果も得られないままロイヤルハイツ魔王城へと帰還したバルバトスは、机に突っ伏して放心状態になっていた。

さすがに結亜《ゆあ》もかける言葉が見つからず、対面で頬杖《ほおづえ》をついて沈黙。シグナは少し離れた場所で直立不動のまま所在なさげにしている。

そんな中で、ネフィリーがバルバトスの服の裾をつまんで声を上げた。

「まおー、まおー。ネフィリーもお店やさんやってみたい」

バイトに勤《いそ》しむ住民たちの姿を見たためか、ネフィリーの中でにわかに労働意欲が沸き上がっているらしい。

「むう……結亜《ゆあ》よ。この世界では、店というのは誰でも簡単に始められるのか？」

「詳しくはないけどそれは無理かな。営業許可とか貰《もら》わなきゃいけないし」

「そうか。ネフィリー、残念だが、店を開くのはなかなか難しいようだ」

「そっかー……ざんねん」

バルバトスとしてもネフィリーの望みはなるべく叶《かな》えてやりたいのだが、現実的にはいきなり店舗の営業を始めるのは無理がある。

しかし、ネフィリーに言い聞かせるバルバトスの顔は徐々に真顔になり、顎に手を当てて何やら考え込み始めた。

「どうしたの、バルバトス？」

「一つ確認したいのだが、結亜《ゆあ》。営業許可など不要で、一日だけ市場を開くようなことは不可能なのか？」

「え？　うーん、そうだなあ……」

結亜《ゆあ》はスマホを操作してしばらく調べ、模擬店やバザーの形ならば簡易な届け出のみで実施可能であることをバルバトスへ伝えた。

「くっははは！　妙案。これは妙案だぞ。さすがはネフィリー、良《い》い閃《ひらめ》きを齎《もたら》してくれるではないか！」

「おい、何をする気だバルバトス！」

緊張に身を固くするシグナに対し、バルバトスは高らかに宣言した。

「名付けて……ロイヤルハイツ魔王城バザー作戦！」

「まんまじゃん」

結亜《ゆあ》は作戦名から内容を察し、今度はどんな無茶に巻き込まれるのかと予想した。

が、どうせその予想の更に上を行く酷《ひど》い事態になるであろうことを察し、無駄な思考を打ち切ったのだった。

◆◆◆◆

ロイヤルハイツ魔王城の屋上。樹木が茂り花が咲く心地よい空間に、屋台がいくつも並んでいる。

屋台ではバルバトスが魔法で作り出した影の分身体がお面をつけ、唐揚げやフランクフルト、ドリンクなどを売りさばいていた。

どの屋台も出来合いの料理を温めて売るだけのものだが、事前にチラシを配って呼び集めたことで近隣住民たちが集い、バザーはそこそこの賑《にぎ》わいを見せていた。

「今日はお天気もよくて良かったねえ、結亜《ゆあ》ちゃん」

神代京子《かみしろきょうこ》は結亜《ゆあ》に屋台接客のヘルプとして呼ばれたのだが、調理の指導や、来客への案内でも有能な働きぶりを見せている。

「そうだね。雨が降るかもって話だったけど、なんとか大丈夫そう」

「くはは。天の運さえも余に味方しているというわけだ！」

バルバトスは上機嫌だった。

実際、天候を気にしなくて良いのはありがたい。屋台の食事だけなら雨が降っても屋根付きの席で食べてもらえば済む話だが、このバザーの見どころはマンション住民による様々な出し物なのだ。

まず羅刹天憂世《らせつてんうきよ》はライブペインティングという、絵の制作過程を見せるパフォーマンスで人だかりを作っていた。

「見て見て。あれ、何描いてるんだろ？」

「分からないけど、なんかカッコいいな」

鬼気迫る表情で大胆に絵筆を走らせる憂世《うきよ》の姿。それ以上に、巨大なカンバスに描かれる極彩色の怪物の姿が人々の目を惹《ひ》いている。

投げ銭を入れる小箱に小銭やお札をそっと置く人もあり、ポストカードや画集を買い求める客も少なくない様子だ。

MCザヴァーはラップでは今一つぱっとしないが、制作しているループ・サウンドはそれなりに一般受けするものに仕上がっているらしい。

本人が店番をする即席のブースでは、視聴して即サウンド集を購入する客がちらほらと見受けられる。

八子内《やしうち》夫妻の制作したペットの写真集も、一般に流通しているものと遜色のない出来栄《できば》えになっていることもあって、動物好きな層に人気を博している。

「……うまく行くもんだね」

素直に驚いている結亜《ゆあ》に対し、腕組みしたバルバトスは、満足げに頷《うなず》いた。

「余が見誤っていたのだ。こいつらは揃《そろ》いも揃《そろ》って生粋の芸術家肌。合わない職を無理やりあてがったところで、適性もないし、そもそもやる気も出さんからな」

バルバトスによる評価はさんざんなものだが、適切な評価でもある。

「逆に言えば、自分の制作した物ならば誇りを持って扱うし、売り込むための努力もする。売り込みが過剰な奴《やつ》もいるが、なら直接客に対して売らせてやればいい。要は適材適所だったのだ」

「なるほど」

頷《うなず》きつつ結亜《ゆあ》がちらりと会場の隅に目をやると、そこでは勇者シグナが「リマインドおもいやり」「しんそこハッピー」などと書いたTシャツを並べ、溌溂《はつらつ》とした声で叩《たた》き売《う》りをしている。

「いらっしゃいませ！　勇者の自作Tシャツ、１枚千円です！　どうぞ！　どうぞ手に取ってみてください！」

「あれ、自作だったんだ……」

どうにも売れるビジョンは見えなかったが、別に誰かに害があることでもないので、結亜《ゆあ》は気にせず店番に集中することにした。

「いらっしゃいませー。いらっしゃいまーせー」

屋台の呼び込みしかしていないが、それでも本人の望む「お店やさん」としての要件を満たせているのか、ネフィリーも満足げだ。

「む……ノゼルよ、貴様も何か売りに出す物はないのか」

バザー会場を隅々まで抜け目なく監視するバルバトスは、ダラダラぶらついて気まぐれにスマホで写真を撮ったりしているノゼルに目を留めて呼びかけた。

「別に。何もねーわ」

「ノゼルさん、自分のグッズあるじゃないですか。キャップとかマスクとか」

「面倒だからネット経由でしか売らねえって決めてんの」

「へえ……あ、それじゃ屋台の接客手伝ってくれるとありがたいんですけど」

影のバルバトスは会話ができないため、作業を無言で行わなければならないのがネックだ。

結果、注文を確認したり、お釣りの受け渡しをしたりという作業は京子《きようこ》や結亜《ゆあ》にしかできず、負担が大きい。

「は？　嫌だよ、アホか。俺になんの得があるんだよ」

「アルバイト代なら出すが？」

「こっちは小銭もらって喜ぶガキじゃねえんだ、ボケが」

毒づいて、ノゼルは自室へ引き上げていった。

「冷めてるなあ、ノゼルさん……」

「まあ、そうもなるだろう。奴《やつ》は既に部屋代を払い終えているわけだからな」

一人去っていくノゼルを少し気にはしたものの、どんどん増えていく客の対応に追われ、バルバトスと結亜《ゆあ》は忙しく店番をこなすことに没頭していった。

◆　◆　◆　◆

自室に戻ったノゼルは、スマホをいじり、SNSに文章を投稿する。

【今日、ロイヤルハイツ魔王城って豊洲《とよす》にあるマンションで知り合いがバザーやってて面白いんで、暇な奴《やつ》行ってみろ】

文章だけではなく、憂世《うきよ》のライブペインティングや影バルバトスが調理した食べ物の写真も、

ＳＮＳ映えしそうな構図に加工まで施して添えてある。

ノゼルのアカウントを見ているユーザーがその文章を拡散し、それを見て面白そうだと思った人物が拡散し、ＳＮＳ上で数千人にまで広まっていた。

「〝ぼっちのノゼルに知り合いとか居るわけないからデマ確定〟だと？　……うるせーな、ぶっ飛ばすぞ」

寄せられたコメントを読み上げて、ノゼルがぼやく。

ノゼルは、自分に得のないことは興味を持たない人物だと思われている。わざわざバザーの宣伝を手伝うようなキャラではないと思われている。

しかし、周囲の認識が本人の意識と一致しているとは限らない。

「客集めたいならちょっとは頭使えっての。バカばっかだ、全く」

口ぎたないのは相変わらず。ノゼルは、自室でスマホをいじりながらバザーに参加することを選んだのだった。

◆　◆　◆　◆　◆

「ねえ、なんかここ、入居者募集してるらしいよ」

「家賃意外と安いのよね。ちょっと旦那に相談してみようかな」

バザーを訪れた人々が口々に噂《うわさ》しているのを聞きつけ、バルバトスが口角を上げた。元々住民の金策のために始めた行事だが、バルバトスの狙いは一つではない。

「くっははは。こういうのを、こちらの世界では一石二鳥と言うらしいな！　魔王という存在は一石で鳥絶滅というレベルでなくては務まらんがな！」

高笑いするバルバトスの脇を、横に寄ってきた結亜《ゆあ》が肘でつついた。

「ねえ、バルバトス。ちょっとお客さん多すぎない？」

「む？」

言われてみると確かにその通りだった。

客が来るのはいいことだが、混雑によって動線が乱れ、あちこちで身動きの取れない者が出始めている。

加えて、京子《きょうこ》がもう一つの問題を指摘した。

「バルバトスさん。ちょっと飲み物が足りなくなりそうですよ」

「ぬう⁉」

増えた客足に加え、やや蒸し暑い天気のせいもあり、飲み物類が予想以上に早く売れて在庫が尽きそうになっている。

「仕方あるまい。手の空いている者に、買い出しと人の整理をさせねば」

「って言っても、いま手が空いてる人なんて居ないよ？」

「ぬうう……暇人どもが大挙して押し寄せおって。休日くらい家でのんびり過ごせばよかろうに」

「いや、私たちが呼んだんでしょうが！」

勝手な事を宣《のたま》うバルバトスにツッコんだその時。誰かが、背後から結亜《ゆあ》の名前を呼んだ。

「結亜《ゆあ》」

何の気なしに振り返った結亜《ゆあ》は身を固くし、立ち尽くした。

「……お母さん。日下部《くさかべ》さん。なんで、ここに」

バルバトスは目を細めてそこに居る女性を見た。外見は、結亜《ゆあ》に年齢を二十歳ほど足したらこうなるだろうというくらいによく似ている。

後ろには、眼鏡をかけたやや線の細い男性も控えている。

「母さんから、今日はここに居るって聞いてね」

「おばあちゃん!?」

結亜《ゆあ》に睨《にら》まれ、京子《きょうこ》が眉を八の字にして申し訳なさそうに肩を竦《すく》めた。どうやら、断絶状態にある親子の仲を何とかしようと一計を案じたらしい。

しかし、突然引き合わされたことで結亜《ゆあ》は気分を害したらしい。顔を背けて会話を拒否するような態度を見せている。

バルバトスは腕組みし、以前耳にした名前で結亜《ゆあ》の母を呼んだ。

「ふむ。貴様が貴子《たかこ》さんか」

「そうです……あなたがこのマンションの管理人の、バルバトスさん？」

「いかにも、余が魔王バルバトスだ」

「母から聞いています。結亜《ゆあ》がお世話になっています」

神代貴子《かみしろたかこ》は、頭に角が生えている自称魔王のバルバトスを相手にしてもさほど驚く様子も無く、丁寧にお辞儀をした。

状況が状況だけに、仮装か何かと勘違いしたのかもしれない。

「で、後ろの男。貴様が貴子《たかこ》さんの新しい伴侶だな」

「え？　ええと……まあ、そうなんですが、はい。日下部《くさかべ》淳《あつし》と申します、はい」

バルバトスの遠慮のない言い方に、眼鏡の男性がしどろもどろになりながら挨拶をした。どうやらあまり気の強いタイプではないらしい。

「なるほど。結亜《ゆあ》が貴様らを相手にせず逃げ回っているので、逃げ場のないここへ直接会いに来たというわけだな」

「えっ？　いや、その……そういうわけでは、いや、確かにそうなんですが、はい」

あまりにもあけすけな物言いに日下部《くさかべ》はしどろもどろになって、弁解のつもりがほぼ自白している。

貴子《たかこ》はその様子に苦笑して、少しはにかみながらも肯定した。

「仰《おつしや》る通りです。事情、ご存じなんですね」

「フン、余の洞察力を以《もつ》てすれば、弱点を隠そうとも無駄な事だからな。で？　どうなのだ、話す気はあるのか。結亜《ゆあ》よ」

バルバトスの発言に、その場にいる全員の視線が結亜《ゆあ》へと集中する。

「帰って」

結亜《ゆあ》は冷たい声で、端的にそう要求した。実の母親に対するそれとは思えない、あまりにも固い態度だ。

「ちょっと待って結亜《ゆあ》。お願いだから少しは話を聞いて」

「今、忙しいから。話してる暇無いの」

「結亜《ゆあ》……」

取り付く島もない。あまりにも強い拒絶に貴子《たかこ》は目を伏せ、日下部《くさかべ》はたじろいで、言われるがままにその場を去ろうとした。

バルバトスは目を閉じ、眉間に指を当てて揉《も》みながら考えを巡らせていたが、おもむろに口を開いた。

「待つがいい。貴子《たかこ》さんと日下部《くさかべ》よ」

呼び止められた二人は何事かと顔を上げ、結亜《ゆあ》もまた、バルバトスが何を余計な事を言うのかと警戒している。

しかし全員の視線を浴びる中で、バルバトスは空気を読まずに全く別の話をし始めた。

「ちょうどいいではないか。こちらは手が足りんのだ、貴様らにも手伝ってもらうとしよう」

「何でよ⁉」

結亜《ゆあ》は当然反発するが、神代貴子《かみしろたかこ》は鞄《かばん》から取り出したゴムで素早く髪を括《くく》り、既に袖を捲《まく》っている。

「……何をすればいいでしょうか？」

「接客の手が足りんので手伝え。品物の種類と値段は、こちらに記してある」

「ちょっと！」

結亜《ゆあ》の抗議の声を聞き流し、バルバトスはさっさとその場を仕切り始めた。

「余は動線の見直しと誘導を行おう。日下部《くさかべ》淳《あつし》、貴様には飲料の買い出しを頼む。ただし、昇降機は来客用だから使うな。階段で上り下りせよ」

「は……はい⁉」

「何言ってるのバルバトス⁉」

結亜《ゆあ》は再度声を張り上げた。

九階建ての屋上から階段で降り、飲料を持ってまた上ってこいとは、あまりにもひどい。

しかし言われた日下部《くさかべ》も日下部《くさかべ》で、既にスーツの上着を脱いで腕まくりをしている。

「日下部《くさかべ》さん、いいですから！　こいつの言う事は無視してください！」

「い、いいんだよ！　せっかく来たんだし、手伝わせて！」

結亜《ゆあ》の呼びかけに日下部《くさかべ》は手を振って答え、屋上から階下へ続く階段へと駆けて行った。

バルバトスは作り出した影バルバトスと視界を共有できるため、バザー会場内全域の様子が手に取るように把握できる。

「退場はこちらだ、速やかに移動せよ。羅刹天憂世《らせつてんうきよ》のポストカード購入者は二列に並ぶがいい！　買い終わった者はそのまま前に進んで、動きを止めるな！」

ロッケンヘイムでは大軍の指揮を執っていたバルバトスにとって、バザーの統率など容易《たやす》い事。的確な指示によって、会場の混雑が見る見るうちに緩和されていく。

満足げなバルバトスの傍《かたわ》らに、いつの間にか結亜《ゆあ》が立っていた。

「……バルバトス。なんでお母さんたちに手伝わせるの」

「なんだ結亜《ゆあ》。接客の手が空いたのか？　……そういうわけではなさそうだな」

遠くに見える貴子《たかこ》は、変わらず忙しそうに働いている。

「手伝いを要請した理由だと？　手が足りんからだ。別に無理強いしたわけではないし、手伝うか否《いな》かは最終的には自己判断であろう」

それはその通りだ。しかし、結亜《ゆあ》はその言い分を信じるつもりはない。

「バルバトス。何が目的なの？　何を狙ってるの？」

直接問い詰められれば誤魔化すつもりはないらしく、バルバトスは結亜《ゆあ》に向き直った。

「人類は、頑張っている者を見ると無下に扱えなくなるのだろう」

「え？」

「貴様から聞いた話だぞ、結亜《ゆあ》」

確かに、結亜《ゆあ》はバルバトスに対してそんなことを言った覚えがある。

「借りを作れば、貴様は母親の新しい伴侶を無視して逃げ回ることはできなくなる。嫌でも向き合わねばならんというわけだな」

ニヤつくバルバトスの顔を見て、結亜《ゆあ》は不愉快そうに顔を歪《ゆが》めた。

「ズレてるよ。バルバトス」

「何がどうズレている？」

「嫌でも向き合わなきゃ、って？　……私、別に、お母さんが再婚するのが嫌だとか、日下部《くさかべ》さんが嫌だとか、そういうわけじゃないんだってば」

「ならば、何が気に入らんのだ」

結亜《ゆあ》の本音を聞き出すため、バルバトスは問いかけを繰り返す。結亜《ゆあ》は決して母親に聞こえないように声のトーンを落として答える。

「だって……上書きされちゃうじゃん」

「上書きとは、何がだ」

「日下部《くさかべ》さんが新しいお父さんになって、同じ家に住んだら、思い出が上書きされちゃうじゃん。ただでさえ私、お父さんの事ほとんど覚えてないのに」

溜《た》め込んでいた感情を、結亜《ゆあ》は俯《うつむ》いて語り始める。

「日下部《くさかべ》さんがいい人なの、わかってるよ。お母さんが選んだ人だもん。一緒に暮らしたら、きっとすごく楽しい事がいっぱいあって、幸せで……なのに、私の勝手な我儘《わがまま》で、一緒に暮らせないなんて言えないよ」

「言っていいじゃない」

突然背後から声をかけられ、結亜《ゆあ》は驚いて振り返った。いつの間にか、屋台の接客をしていたはずの貴子《たかこ》がそこに立っている。

「お母さん、なんで……あっ……バルバトス⁉」

立てた五本指のうち中指と薬指だけを折り曲げたバルバトスのその手の形に、結亜《ゆあ》は見覚えがあった。

バルバトスがマンションの住民全員に呼びかける際に使っていた魔法。同じ魔法で結亜《ゆあ》の声を勝手に拡大し、貴子《たかこ》にだけ聞こえるように届けたのだ。

「なんで勝手にそういうことするの⁉」

「くっははは。なにせ余は、人類と敵対する魔族の王なのでな。人類が嫌がる事も平気でやるのだ！」

バルバトスはそう言い、魔王然とした悪辣な表情を作って嘲笑《あざわら》った。

「バルバトス、お前！　他人の家族のことに首を突っ込んで引っかき回すとは、なんて最低な奴《やつ》だ！」

「ふん。最低で結構だ、人類に評価などされては逆に恥というもの」

唐突に横からシグナが割り込んできてバルバトスの襟首を掴《つか》むが、バルバトスは全く悪びれる様子もない。

「なんで分からないの……？」

唇をわななかせる結亜《ゆあ》の喉から、震える声が漏れ出した。

「私がどんな思いで、言いたい事我慢してきたと思って……！」

「我慢？　お前が我慢した結果、誰が幸せになったというのだ。母親の貴子《たかこ》か？」

襟元を締め上げるシグナをまるで無視し、バルバトスは結亜《ゆあ》に対して問うた。

「それは……」

結亜《ゆあ》は返答に窮した。貴子《たかこ》の立場になれば、なんとか話し合おうとしている娘に対話を拒否され続けて幸福なわけがない。

今更ながらに、母親のためを思っていたつもりの行為がかえって母親を傷つけていたのだと、結亜《ゆあ》は気付いたのだ。

「結亜《ゆあ》」

実の親らしい、特別な優しさを含んだ声で貴子《たかこ》が呼びかけた。

傷つき続けてきた母は、それでも娘を責めようとはしなかった。

「あなたはいつも、我儘《わがまま》の一つも言わないいんだから……我儘《わがまま》だって文句だって、言っていいのよ。大人ぶらないで、少しはお母さんに甘えなさい」

結亜《ゆあ》の目からは、ぼろぼろと涙が零《こぼ》れ落ちている。

「だって……だって」

バルバトスから見た結亜《ゆあ》は、口が減らず、負けん気が強く、一筋縄ではいかない少女だ。

しかしそれは、神代結亜《かみしろゆあ》という少女の一面に過ぎない。

「……目に見えるものだけが本質とは限らない、か。まさにその通りだな」

結亜《ゆあ》が母親にしがみついて大泣きするのを眺め、羅刹天憂世《らせつてんうきよ》の台詞《せりふ》を頭の中で反芻《はんすう》しながら、バルバトスは呟《つぶや》く。

接客に勤《いそ》しむ京子《きょうこ》もまた、横目に娘と孫のやり取りを見て、密《ひそ》かに涙ぐみながら安堵《あんど》していた。

そしてその時。全身汗だくになった日下部《くさかべ》が、両腕に大量のドリンクを抱え、息も絶え絶えに屋上へ現れた。

「ハァ！　ハァ！　のっ、飲み物……ハァ、お、お待たせしましたぁあああ」

「うわっ！　まず日下部《くさかべ》さんに飲み物が必要ですよ⁉」

今にも倒れそうな様子の日下部《くさかべ》を目にした結亜《ゆあ》が、慌てて駆け寄る。目元こそ泣いた跡がはっきり残ってはいるが、既に態度はいつもの結亜《ゆあ》だった。

「あ、え？　うん。だ、大丈夫だよ僕は……は、ははは？　あれぇ？」

眼鏡のズレた日下部《くさかべ》は、突然話をしてくれるようになった結亜《ゆあ》に驚き、一心不乱に階段を駆け上ってきたのも手伝って、混乱しまくっている。

「……まったく人類というのは、愚かで、ひ弱で、世話が焼ける」

バルバトスがぼやいた。しかし発言とは裏腹に表情は柔らかく、優しい。

ずっとバルバトスの襟首を掴《つか》んでいたシグナは、初めて見るバルバトスのそんな表情に困惑し、手を離したのだった。

陽が暮れ始めるころになると次第に客足もまばらになり、自然とバザーに終了の時間が訪れた。

宴《うたげ》の後には必ず後始末が待っている。

期待に胸を膨らませる準備期間や、熱に浮かされている宴《うたげ》の最中に比べると、片付けの作業は気だるく、どこか寂しい。

それでも、日常へ戻るためには、全てを片付け元通りにする必要がある。

閉場を迎えたロイヤルハイツ魔王城バザーの会場では、テントや長机、パイプ椅子を折りたたみ、飾り付けを外し、ゴミをゴミ袋にまとめるという地道な作業が行われていた。

「本当に、片付けまで手伝わなくていいの？」

「うん。お母さんたち、明日仕事でしょ。無理しない方がいいよ」

撤収作業の途中だが、結亜《ゆあ》は母に帰宅するよう促していた。貴子《たかこ》はともかく、すっかり疲弊しきっている日下部《くさかべ》をこれ以上働かせるわけにもいかないという判断だ。

「心配しないで。ちゃんと、連絡するから」

「うん。必ずね」

「ゆ、結亜《ゆあ》ちゃん、今度はゆっくり話そうね、うん」

貴子《たかこ》が日下部《くさかべ》の肩を支えるようにして去っていくのを見送り、結亜《ゆあ》は背筋を伸ばした。

「さて。もうひと頑張りするかな」

バルバトスは腕組みして偉そうに片付けの様子を眺めているが、文句を言う者も居なかった。影バルバトスを三十二人動かしているので、一人で実質三十二人分の働きなのだ。

「どうせだからノゼルさんも参加すればよかったのにね。うふふ」

「うーん。そうだねぇ。彼はどうやら、お金には困っていないみたいだからねぇ」

八子内《やしうち》夫妻のたわい無い会話に、近くに居た結亜《ゆあ》も自然と参加する。

「それでも、一緒にやった方が楽しいじゃないですか？」

「いや。そうとは限らん」

バルバトスが割り込んで否定した。

「必要が無ければ参加を強制されることなく、自分の都合を優先していいのだ。そういう集まりの方が気が楽であろう」

「それは、確かにそうかもしれませんねぇ」

深く頷《うなず》く八子内進一《やしうちしんいち》に続いて、結亜《ゆあ》も頷《うなず》いた。

近所付き合いが義務になり、イベントに参加することがノルマのようになってしまうのは息苦しい。

適度に距離感を持ったまま関わりたい範囲で関わる関係の方が、お互いにストレスを溜《た》めなくていいのかもしれない。

「いや、ちょっと待った。確かに、それはそうなんだけどさ」

釈然としない、という顔の結亜《ゆあ》がバルバトスに詰め寄る。

「私とお母さんの話には土足でずかずか踏み込んできたくせに、急に距離感を測るのが大事みたいに言い出すの、何なの？」

「……時と場合による。何にでも、例外は存在するものだ」

言いながら、バルバトスはフランクフルトに噛《かぶ》り付《つ》いている。

「売れ残りを勝手に食べるな！」

「人類の産物にしては、なかなか悪くない味だ」

「食べるならお金払いなさいよ」

「余が食べなければ捨てられるもの。よって、払っても払わなくても一緒ではないか」

「捨ててないんだから払いなさい」

「はあ……うるさい奴《やつ》よ。人類の中には、常に小言を言っていないと死ぬ種も居るのか？」

「そっちが言わせてるんだよ！」

バルバトスも結亜《ゆあ》も、つい先ほどまで家族関係をめぐる感情的な口論があったとは思えないほど、いつもと変わらないやり取りをしていた。

お互い、暗黙の裡《うち》に日常に戻るための擦り合わせをしているのだった。

思った事は言わなければ伝わらないといっても、時と場合による。何にでも例外は存在するのだ。

「管理人さん」

ライブペインティングで服が絵の具だらけになっている羅刹天憂世《らせつてんうきよ》が、ふいにバルバトスに呼びかけてくる。

「む、画家か。何用だ？」

「……ありがとうございます」

突然羅刹天憂世《らせつてんうきよ》に深々と頭を下げられて、バルバトスは困惑した。

「な……何がだ？」

「正直に言いますと。わたくし、これまで……そう、これまでの人生で。こんな風に、住んでいるところで人と和やかに過ごしたことがありませんでしたの」

「それ、一緒。俺が喋《しゃべ》るとみんな言う『キッショ！』そして失笑。イェア」

横から割り込んできたMCザヴァーが苦笑交じりに同意すると、床に座り込んで売れ残りの写真集を梱包《こんぽう》していた八子内《やしうち》夫妻もはにかみながら口を開いた。

「実は、ウチもそんな感じだったんですよぉ。前住んでいたアパートでも変人扱いされて、なんというかねぇ、どこに行っても浮いていて居場所がありませんでしたねぇ」

「そうねえ、うふふ」

夫妻は和やかに笑ってはいるが、過去を思ってか、その言葉には少し悲し気な響きが含まれている。

ここに居るのは、皆それぞれ、周囲に馴染《なじ》めず行き場を失っていた者たちなのだ。

だからこそロイヤルハイツ魔王城のような奇妙なマンションにたどり着いたのだし、偶然にも、住民を必要とするバルバトスは彼らを追い返さず受け入れた。

奇妙な縁の繋《つな》がりだった。

「騙《だま》されてはいけませんよ、皆さん！」

自分のスペースの撤収作業に没頭していたはずのシグナが、どこから聞いていたのか唐突に会話に割り込んでくる。

「なんだシグナ。貴様、Tシャツは売れたのか」

「一枚千円から二百円まで値下げしてようやく……ち、違う！　いまそういう話をしてるんじゃない！」

話しながら落ち込みかけたシグナが、頭を振って仕切り直す。

「皆さん。この男は人間ではない、魔族なんだ。人間とは全く別の存在だ。心が通じ合うと思ったら大間違いですよ！」

その言葉に、若干の緊張が走った。

結亜《ゆあ》以外の住民たちに対してバルバトスの正体がはっきりと明かされたのは、これが初めてのことだ。

一体どういう反応が返ってくるのか予想がつかない。

（場合によっては……住民を一から集め直すことになるか？）

バルバトスが内心でそんな覚悟さえした、その時だった。

「……大間違いをしているのは、シグナさんの方ではありません？」

「えっ？」

「わたくしは別に、管理人さんと心が通じ合ったなどとは最初から思っていません」

間の抜けた声を上げるシグナに対し、羅刹天憂世《らせってんうきよ》は淡々と、穏やかに告げる。

「そ、そうでしょう。それはバルバトスが魔族だから！」

「関係ありませんわ」

憂世《うきよ》が、シグナの言葉をどこまで本気に捉えているのかは分からない。魔族という存在を文字通り人外の存在として受け取っているのか、なんらかの比喩と見ているのか、あるいは完全な妄言と思っているのか。

「管理人さんが人間だろうが人間でなかろうが、心が通じ合っていようがいまいが、ここは良《い》いマンションだと思いますし、わたくしにとっては居心地が良《い》い。それだけの話ですわ」

さらりと言った言葉に、他の住民たちも無言で頷《うなず》き、同意している。

シグナだけが放心状態になってその場に立ち尽くしていた。

「居心地が良《い》いのは当然だ。余のロイヤルハイツ魔王城は、全住民に上質で豊かな暮らしを提供するのだからな」

肩を竦《すく》めて得意げにそう言った後、突然バルバトスは表情を硬くする。

「だが貴様ら、わかっているのか！　別に余は、貴様らがこのままで良《い》いと言っているわけではないのだからな!?　来月は余が世話を焼かずともきっちり賃料を払ってもらうぞ、愚かな人類よ！」

声を荒らげ、バルバトスは住民たちを叱りつけた。

結果としてだが、シグナの追及から住民たちが庇《かば》ってくれたような形になったのが気に食わないのだ。

（……人類と馴《な》れあうつもりはない。少し厳しいことを言えば、こいつらはまたすぐに反発するであろう）

だが、バルバトスのその目論見《もくろみ》は外れた。

「もちろん、そうしますわ」

「メイビー、平気だぜベイビー。イェア」

「まあ、多分大丈夫ですよぉ」

「うふふ。努力しましょう。ロイヤルハイツ魔王城に住み続けるためですものね」

反省しているのかしていないのか定《さだ》かではないが、住民たちは皆一様に微笑《ほほえ》み、和やかに返答したのだ。

バルバトスの右手の契約印が痛まないことが、彼らがこの城に住むことを苦痛と感じていない証明となっている。

「うぬ……？」

バルバトスは言葉に詰まり、そわそわと周囲を見渡し、ぽんと手を叩《たた》いた。

「おお！　そういえば、うっかり迷って城内に取り残されている客などが居ては困るな！　余は、少し見回りをしてくるとしよう！」

棒読みでそう言って、ほとんど逃げるように、バルバトスは住民たちを置き去りにしてその場を去った。

住民たちはその様子に首を傾《かし》げながらも、各々《おのおの》の荷物を持って屋上から次々と撤収を始めるが、シグナは茫然《ぼうぜん》としたままそこに残っていた。

「あの……シグナさん」

結亜《ゆあ》が恐る恐る声をかける。何と声をかけたらよいものかわからないながらに、慎重に言葉を選びながら。

「シグナさん、ちょっとバルバトスが魔族だってことに拘《こだわ》り過ぎなんじゃないですか。見た目にも中身にも、そこまで人間と違いがあるわけじゃないし」

「……そういう問題じゃないんだ。結亜《ゆあ》さん」

シグナは、真面目くさった硬い表情で説く。

「僕はバルバトスの正体を知らない。というより、誰も知らないんだ。あいつが、本当は何なのか。恐ろしい事だと思わないか」

「それって、バルバトスが発生する起源となった物……の話ですか？」

魔族は親から生まれるのではなく、自然物に滞った魔力によって発生する。バルバトス本人がそう説明していた。

「起源の話を知っているのか……バルバトスから聞いたのか？」

結亜《ゆあ》が頷《うなず》いて肯定すると、シグナは信じられないという顔で目を見開く。

「ただし、自分の起源のことは絶対明かさないって言ってましたけど」

「そこだ。奴《やつ》は人間じゃない。本当は猛獣かもしれない。そんな存在が身近に居て、恐怖を感じないのか？」

「でも、バルバトスは私の事守ってくれましたよ」

バルバトスは咄嗟《とっさ》に身近な命を救う選択をした。それだけで、結亜《ゆあ》にとっては信じるに足りる。

「確かに、最初はすごく失礼で、危ない奴《やつ》だと思ってたけど……今は、バルバトスが魔族でも、魔王でも、あんまり問題じゃないって思ってます」

それだけ言って、結亜《ゆあ》も屋上を後にした。

シグナには言わなかったが、本当は結亜《ゆあ》もバルバトスの正体には興味がある。

バルバトスが何者で、どのようにして生まれた存在なのか。危険性とは別に、純粋に興味を惹《ひ》かれている。

しかし、バルバトスが自分でそれを明かさないと決めているのならば、無理に解き明かそうとはしたくない。

いつかバルバトスが自分から話してくれればいい。

それが結亜《ゆあ》の、今の素直な気持ちだった。

屋上に一人残ったシグナは、ぽつり、ぽつりと自問するように独り言を呟《つぶや》く。

「バルバトスが魔族でも、魔王でも、この世界では問題がない……ならば、勇者は……魔王を討つ勇者である僕は、もしかして居る意味がないのか……？」

陽が沈み、ビルの立ち並ぶ街の景色は夜景へと移り変わっていく。

シグナは屋上の柵を強く握りしめて、その景色をいつまでも眺めていた。


バルバトスは一人で早足に廊下を歩きながら、今しがたかけられた言葉を思い出し、ぶつぶつと呟《つぶや》いていた。

「……何なのだ。まったく人間というのはわけがわからん生物だ」

口調だけは忌々《いまいま》し気だが、その実、口元はゆるく綻んでいた。

ロッケンヘイムに居た頃のバルバトスならば、人間から感謝されたところで何も感じなかっただろう。それどころか、人類などに好かれては魔族の恥、とばかりに逆上しかねなかった。

神代結亜《かみしろゆあ》の家族との問題を解決するためにあれこれ口出ししたのも、魔王バルバトスらしくない。

人間を滅ぼし、魔族に繁栄をもたらす。それこそが魔王としてのバルバトスの役割であり、この世に発生した意味なのだから。

「……どうかしている。この魔王バルバトスが、わけのわからん人間どもに影響され、友好的になっているとでもいうのか」

有り得ない事だった。

だが、不思議と悪い気はしない。むしろ心地よくさえある。

バルバトスはその不思議な感覚を噛《か》みしめ、しかし威厳は保てるよう、意識して表情を引き締めながら歩いた。

そして。

バルバトスが歩き去ったその後に、小石のようなものが床に落ち、コツンと音を立てた。

それは、天井の亀裂から零《こぼ》れ落《お》ちた壁材の一部だった。

ロイヤルハイツ魔王城には自己修復機能がある。たとえ建物が損傷しても、この世界に存在するわずかな魔力で自動的にその損傷を直す機能だ。

天井の亀裂は、その機能が正常に働いていないという事を示している。

日常とは、代わり映えのしない日々の繰り返し。

しかし、完全に同じ一日が繰り返されることなどありえない。

善かれ悪しかれ、時には目に見えないところでも、何らかの変化は起きているものだ。

ロイヤルハイツ魔王城は、目に見えないところで静かに、文字通り崩壊の危機に瀕《ひん》していたのだった。

第五話　彼はそのために生まれた

「管理人さん。ここ、雨漏りしていますわ」

「すぐ塞ぐ！」

「おい、それよりこっちだろ！　何かでかい柱に罅《ひび》入ってんぞ⁉　これ絶対折れちゃいけないやつだろうが！」

「心得ている。すぐ直す！」

「うーん、なんかこのあたり床がデコボコしているような気がしますねぇ」

「すぐ平らにする！」

「というか、そもそもこの部屋が全体的に傾いていませんか？　うふふ」

「倒壊の危機が到来？　猶予はもう無い、助けて頂戴。イエア」

「ええい、不吉な事を言うな！　災いは口から生じるのだ！　今この時を以《もっ》て、城内では希望的観測発言以外は禁止とする！」

「今この状況でそれ言われたら、何も喋《しゃべ》れなくなるでしょうが！」

バザーの終了から一週間が経過し、ロイヤルハイツ魔王城の全戸に住民を入居する約束期限まで残り十日となったこの日。

バルバトスは城内をかけずり回り、急激に劣化する城の補修作業に当たっていた。

「ねえバルバトス、そもそもどうしてこんなことになってるの⁉」

壁に板材を打ち付けて応急処置を施しながら、結亜《ゆあ》が叫ぶ。

「城の自己修復機能が働いていない。それどころか機能不全を起こし、自己崩壊を招いている」

亀裂の入った柱に手を当てて魔力を流し込みながら、バルバトスが答える。

「前にこっちの世界は魔力が薄いとか言ってたけど、そのせい？」

「いや、それが原因にしてはあまりに崩壊が急激すぎる。何者かが、城内の魔力経路を切断しているとしか思えん」

「……どういうこと？」

「ええい！　理解力の無い人類のレベルに合わせて説明してやる！」

バルバトスが壁に手をつくと、壁にあみだくじのような光の線が走った。

「これは？」

「城壁の中を走っている魔力経路を再現したものだ。このロイヤルハイツ魔王城には空気中の魔力を吸収する機構があり、経路を通ってその魔力を城内全域に伝えている」

　バルバトスの発言に合わせ、光の線の上を小さなバルバトスの絵が走る。魔力が流れている様子を表現しているらしい。

「表現がかわいいんだけど、なんか子供向けの説明されてる感じが腹立つな」

「この経路は城壁の中でいくつも分岐している。たとえ一か所が破損しても別の経路を通って魔力が供給され、修復されるわけだ」

　バルバトスが指先で、光の線を一つ切る。すると、別の線を走っていた小さなバルバトスたちが何体も集まってきて、途切れた線をせっせと修復し、元に戻した。

「じゃあ、壊れても平気じゃん」

「これはあくまで一か所が断たれた場合だ。複数の経路が同時に破損すれば……」

　バルバトスが指先で、今度は複数本の線をまとめて消す。すると、小さなバルバトスは途切れた全ての線を直そうと一体ずつで作業をしていて、線はなかなか元に戻らない。

「それらの箇所は修復に時間がかかるのだ。あちこちで同じことが起きれば魔力のバランスを崩し、自壊を招くことになる」

　バルバトスの説明を受けて、結亜《ゆあ》は当然ともいえる疑問を抱いた。

「でも、一体どこの誰がそんなことを……うわあ⁉」

　言っている傍《そば》から、壁の一部ががらがらと崩れて瓦礫《がれき》が結亜《ゆあ》に降り注ぐ。

　結亜《ゆあ》の襟を摑《つか》み、すんでのところで瓦礫《がれき》を躱《かわ》させたバルバトスは、すかさず自身の魔力を注《つ》ぎ込んでその場の魔力経路を修復した。

ここ数日、同じようなことを城内のあちこちで繰り返している。

「シグナ、こういう時こそ貴様の馬鹿力を有効活用せよ！　崩れそうな箇所を見つけたら、余が直すまで貴様が下敷きになって支えるのだ！」

バルバトスの無茶な要求に対し、淀《よど》み切った空気を纏《まと》うシグナはため息をついてそっぽを向いた。人類の自由と平和を守るはずの勇者は、バザーを終えてからというもの、ずっとこの調子で腑《ふ》抜《ぬ》けている。

「貴様、勇者としての誇りは無いのか⁉　今の貴様には床の埃《ほこり》程度の価値も無いわ、この役立たず中の役立たずめが！」

「へへ……その通りだ……この平和な世界では、勇者は役立たずなのさ……」

バルバトスの罵倒を受けても自嘲的に笑い、遠い目をして床に指で「の」の字を書いているばかりだ。

「う―ん、お手本のような典型的いじけっぷりですわ。なんという個性の無さ」

「いじけ方を採点するのはやめてあげましょうよぉ。かわいそうですよぉ」

口々に勝手な事を言う住民に対しても、シグナはまったく無反応だ。バルバトスはその無気力ぶりを不審には思いつつも、施設の修復に手一杯で構っている暇もない。

「おいおいおい！　どうなってるんだよこのマンションは！」

声を荒らげて新たにその場にやって来たのは、いずれもバザーの賑《にぎ》わいを見てロイヤルハイツ魔王城への入居を決めた新規の入居者たち。引っ越してきたばかりのマンションがこの有様《ありさま》では、不平不満が噴出するのも当然だろう。

「詐欺だよ、詐欺。いくら修繕費がかからないからって、こんな状態だと知ってたら住むわけないだろ！」

「どう責任を取ってくれるの！」

四方八方から責め立てられ、バルバトスの右手がじくじくと痛む。住民に『上質で豊かな暮らし』を提供しなければならないという魔法の契約印が、契約の不履行を訴えているのだ。

「ええい……黙れ黙れ！　人類ごときが揃《そろ》いも揃《そろ》って、雛鳥《ひなどり》の如《ごと》く囀《さえず》るな！」

「ちょっと、やめなさいよバルバトス！」

結亜《ゆあ》の制止は、残念ながらワンテンポ遅い。バルバトスの超越者ぶった態度に馴染《なじ》んでいる当初からの住人たちならいざ知らず、まだ出会って日の浅い面々にこの対応は少し乱暴すぎた。

「な……なんて失礼な管理人だ！」

「そもそも、その角は何よ⁉　ふざけてるの⁉」

「一人称が〝余〟なのもおかしいだろ。何様のつもりだ！」

「こっちは出て行ったたっていいんだぞ！」

たちまち住民たちの間で蜂の巣をつついたような騒ぎが起こり、スルーされていた不審な点にも今更ながらツッコミが入り始める。

怒りの声を浴びるバルバトスは、こめかみを引《ひ》き攣《つ》らせながらゆっくりと息を吸って、吐いた。

「ふう……ふ、ふふふふ。そうかそうか。そこまで言うのならば余にも考えがある。貴様らをここで逃がしてしまうくらいならば……！」

今居る入居者を生贄《いけにえ》として捧《ささ》げれば、バルバトスはある程度潤沢な魔力を手に入れることができる。そうすれば城の損傷も一息に修復可能だ。

(愚かな人類め、あの世で自分たちの無力さを嘆くがいい！)

集った住民たちに右手を翳《かざ》し、バルバトスは魔法を唱えようとした。

その姿を見たシグナは立ち上がり、目を輝かせて立ちはだかる。

「来たか！　とうとう何かやる気だな、バルバトス！　やはりお前は人類の敵なんだな⁉」

しかし、バルバトスは右手を前方に突き出したその姿勢のまま固まっていた。

「ど……どうした、バルバトス？」

「どうしたのよ！」

「何とか言え！」

バルバトスが気にしたのはシグナでもなく、文句を言う住民たちでもない。

破損したロイヤルハイツ魔王城の修復を手伝う羅刹天憂世《らせってんうきよ》であり、ＭＣザヴァーであり、八《や》子内《しうち》夫妻、ノゼル、そして神代結亜《かみしろゆあ》だ。

心配そうにバルバトスの動向を見守るその視線に、バルバトス自身は何とも言えない居《い》た堪《たま》れなさを感じた。

(何だというのだ。余は魔王バルバトスだぞ。人類の宿敵たる魔族の王。有象無象の人類どもなど、一息に糧《かて》として構わぬ……はずだ！)

そう考えているはずなのに、バルバトスはどうしても魔法の発動に踏み切ることができなかった。

右手の契約印がずきずきと痛む。叱責の声は止《や》まないばかりか、どんどん激しくなる。

その喧噪《けんそう》を破ったのは、一人の少女だった。

「ごめんなさい」

ネフィリーがバルバトスを庇《かば》うように前に出て、住民たちに向かって頭を下げた。

「ネフィリー……」

「ごめんなさい。まおーのこと、せめないで……ごめんなさい」

小さなネフィリーが懸命に頭を下げたことで、いきり立っていた住民たちの熱が急速に冷めていく。全員が顔を見合わせ、どうしたものかと困惑し始めた。

だが、逆にそれがバルバトスの意志を折った。ネフィリーを盾にして我が身を庇《かば》うのは、バルバトス自身が到底許せないことだったのだ。

故に、魔王は目を閉じて眉間に皺《しわ》を寄せ、厳かに言い放った。

「やむを得ん。……余は、このロイヤルハイツ魔王城を解体する」

「バルバトス⁉」

驚愕《きょうがく》したのは結亜《ゆあ》だけではない。

「な……」

シグナは絶句し、信じられないという顔つきのままその場に立ち尽くしている。

元からロイヤルハイツ魔王城に住んでいた住民たちもバルバトスの宣言を沈痛な面持ちで受け止めたが、抗議に集まった住民たちの怒りはさらに加熱した。

「おいおい、ちょっと待ってくれよ！　こっちはローン組んじまったんだぞ⁉」

「引っ越し費用だってタダじゃないんだ。ちゃんと弁償してくれるんだろうな！」

新たな怒りをぶつけられても、バルバトスはもはや激昂《げきこう》することはなかった。

「弁償。無論だ……城の宝物庫を開放する」

そう言うと、バルバトスは壁に手をつき、城の中央部に位置する厳重に封印が施された部屋の内部に通じる扉を作り出した。

「これは……⁉」

開かれた扉の中を見た住民たちは血相を変えた。

室内には大粒の宝石、純金の貨幣、年代物の刀剣や甲冑《かっちゅう》など、一目でわかるほどに高価な品がぎっしりと並べられていたからだ。

「賠償金代わりだ。何でも、好きな物を持っていくがいい」

その一言をきっかけに、住民たちは我先にと宝物の奪い合いを始めた。

「うおおお！　すげえ、これ俺の！」

「ちょっと、こっちにも寄越しなさいよ！」

てくてくとバルバトスの側に歩み寄ったネフィリーが、手を繋《つな》いで問いかける。

「まおー、いいの？」

ネフィリーの戸惑いも心配も、バルバトスにはよく分かっている。分かっているが、しかしどうにもならない。

「……こうする以外に手が無いのだ」

そう言うのが精一杯だった。

財宝を前にしても動かず立ち尽くしている当初の住民たちに向かって、バルバトスは精一杯の威厳を持った声で呼びかける。

「どうした。貴様らも急がねば、価値の高い物から先に無くなるぞ。いずれも余が選び集めた珠玉の品々、売れば当面の生活には困るまい。なんなら、今よりも良《い》い暮らしが出来るかもしれんぞ」

「金があれば、今より良《い》い暮らしができるって？　んなわけねーだろ」

ノゼルが吐き捨てるように言った。

「……そうですわ。そんな事、言わないで頂きたかったですわ」

憂世《うきよ》が俯《うつむ》いたまま呟《つぶや》いた。

残りの面々も、同じ気持ちであると示すようにバルバトスを見つめている。バルバトスはたまらずその視線から目を逸《そ》らした。

「どうにもならん事はどうにもならんのだ。いつまでも感情を引きずって、すっぱりと切り替えられぬのが人類の愚かさというものよ」

「確かに俺たちは愚かさ、よっぽどの馬鹿。ここにあるのは豪華な宝物だが、本当に欲しい物はどこかな。イエア」

ＭＣザヴァーのラップが普段よりもやや切れ味を増している。うまく切り返せないバルバトスは咳《せき》ばらいをして、最後通告とばかりに言い放った。

「……いずれにせよ城の解体は決定事項だ。早々に荷物をまとめ、出て行くことだ」

足早にその場を去ろうとするバルバトスの前に、シグナが立ちふさがった。勇者ともあろうものが動揺に手は震え、目は血走っている。

「お、おかしいじゃないかバルバトス。お前は魔王だろ。人類の敵なんだろ？　なぜもっと、魔王らしく振舞わないいんだ。それでは、僕は何のために……」

「いい加減にしろ、シグナ」

縋《すが》りつくようなシグナの言葉を、バルバトスはぴしゃりと拒絶した。

「もはや気が付いているはずだ。不要なのだ、この世界では。余のような魔王も、貴様のような勇者も」

「不要……」

あまりにもはっきりとした物言いによほどの衝撃を受けたのか、シグナはオウム返しにつぶやいた。

「……貴様はさっさと、自身の新たな目的を探せ」

それだけ言い捨てて、バルバトスはシグナを置き去りにした。

結亜《ゆあ》が声をかけるべきか否《いな》か、かけるとして何を言えばいいのかと迷っているうちに、その背中は遠ざかっていく。

シグナもまた、夢遊病者のような足取りでふらふらとその場から出て行ってしまった。

そしてその日から、一人、また一人と、ロイヤルハイツ魔王城から入居者が去っていった。

異様な速度で集まってきた入居者たちの賑《にぎ》わいが消えれば、後に残るのはうら寂しく不吉な、朽ちかけた城だけだ。

バルバトスは一人、謁見の間にて玉座に座し、物思いに耽《ふけ》る。

シグナと激闘を繰り広げていた部屋で、玉座に座すバルバトスの目には遠い記憶の光景が映っていた。

それは、バルバトスが魔族バルバトスとして発生する瞬間の記憶。

毒の煙と灼熱《しやくねつ》によって、バルバトスの居る領域に迷い込んだ野生の獣は、虫は、鳥は、みな等しく死に絶えていく。

バルバトスは、その光景を空《むな》しく眺めていた。

共に生きる者が居ないという絶対の孤独。

自分が、破壊と死を齎《もたら》すことしかできない存在であるという事実を目の前に突きつけられる感覚。

それらに嫌気がさしたからこそ、バルバトスは魔族として〝発生〟したのだ。

「結局……余はあの頃と何も変わっていないわけか」

住民が退去したロイヤルハイツ魔王城はひどく静かだった。今までが異様に騒がしかったからこそ、余計にその静けさが際立《きわだ》つ。

ネフィリーが暗く沈んだ表情のバルバトスに駆け寄り、膝の上に座り込んだ。

「まおー。げんき出して」

小さな手がバルバトスの頬を摑《つか》み、無理やり口角を上げて笑顔を作らせようとする。

「……そうだな。今の余には、ネフィリーが居る。それだけで良《い》いとしよう」

顔をむにむに動かされながら、バルバトスはゆっくりとネフィリーの頭を撫《な》でた。

　このまま城は朽ちていくだろう。

　城が無くとも、ネフィリーと二人で生活していく程度ならば何とでもなる。胸に穴が開いたようなこの虚無感はきっと埋まらないが、仕方のない事だ。

　バルバトスがそう思っていた矢先のことだった。

　突然、謁見の間の扉が開かれた。もはやこの城に来客などあるはずもないと思い込んでいたバルバトスは、驚いて目を見張り、そこに見知った顔を認めた。

「何だ。忘れ物でもしたか」

「忘れ物……うん。ある意味そうかも」

　神代結亜《かみしろゆあ》。

　この世界で初めて会った、魔王を相手にしても全く怯《ひる》まない人間の少女。

　その表情には、どこか緊張が浮かんでいる。

「何とか出来ないかな。バルバトス」

　一歩、また一歩と結亜《ゆあ》が玉座へ近づく。

「何とか、とはなんだ」

「元々、この土地から出て行けって言ってたのは私なんだけどさ」

　気だるげに返すバルバトスに対し、結亜《ゆあ》の声音は力強い。

「憂世《うきよ》さんも、ザヴァーさんも、八子内《やしうち》さんも、ノゼルさんも……私も。もう、この城が大事な場所になってるんだよ。だからみんなのためにも、何とか出来ないかな！」

「……馬鹿め。何とか出来るのならば、とうにしている」

「それは分かってるよ。分かってるけど！　言わせてよ！」

「我儘《わがまま》を言うな！　余は貴様の親ではないぞ！」

思わず声を荒らげたバルバトスは、ネフィリーが膝の上でびくりと身を固くしたのを察し、落ち着いて呼吸を整える。

バルバトスは明らかに情緒をかき乱されていた。

今更わずかにも希望を持ちたくないという思いが、結亜《ゆあ》の要求に過剰な拒否感を抱かせている。

「本当に何も無いの!?　私にも手伝えること。最後まで、何か出来ること！」

「そういう態度を、この世界では往生際《おうじょうぎわ》が悪い、と言うのではないか？」

「いいじゃない。格好つけて死ぬより、格好悪くても生きる方が格好いいって！」

「あのなあ！　余は魔王バルバトスだぞ。格好悪くてもいいというわけにはいかぬ。魔王たるもの、立ち振る舞いには常に品格というものが求められるのだ！」

「でもバルバトス、自分でこの世界に魔王は不要だって言ってたもん！」

「ぬあああ黙れ小賢《こざか》しい！　いちいち揚げ足を取る暇があるのならば、鳥の足でも揚げて売れ！　店を開け！　ゆくゆくは全国展開して上場しろ！」

「調子出てきたじゃん」

烈火のごとく捲《まく》し立《た》てるバルバトスに、結亜《ゆあ》は出し抜けに微笑《ほほえ》んだ。ネフィリーも期待を込めた眼差《まなざ》しで膝の上からバルバトスを見上げている。

バルバトスは眉間を揉《も》みながら溜息《ためいき》を吐いた。

いつのまにやら感傷的な空気がどこかへ消え、すっかりいつもの空気に引き戻されている。こうなってしまっては、大人しく終わりの時を待つ気分にはなれない。

「何か、思いつく？」

結亜《ゆあ》の問いに、バルバトスは唸《うな》った。

「……余ともあろうものが、原因究明を怠った。今更ではあるが……城の崩壊に対処しようとするのではなく、この状況に陥った原因を突き止めるべきだったのだ」

バルバトスは脳をフル回転させ、諦めきっていた時には考えようとも思わなかった根本原因に迫ろうとする。

しかし、あまりにも情報が無さすぎる。バルバトスにまったく知覚できないように城内の魔力経路を切断して回れる、そんな存在がこの世界にあるとは思えない。

一瞬はシグナの仕業かもしれないと疑ったが、シグナならばいちいち魔力の経路を狙うより城壁ごと壊して回るだろう。

ひたすら考え込むバルバトスに、ネフィリーがぽつりと呟《つぶや》いた。

「まおー。前にかみさまのお話、した」

「神……？　ああ。土地神の話か」

すっかり記憶から追いやっていたが、確かにそんな話があった。ネフィリーが城内でしばしば目撃したという、この土地の神の話だ。

「それがどうした、ネフィリー？」

「かみさま、さいきん見てない」

ぞくり、と悪寒《おかん》が背を走った。土地神が他所に移るということは考えづらい。であれば、姿を見せないのは、存在そのものが消えてしまったのか。あるいは、姿を見せないように活動しているかだ。

「バルバトス。それ、何か関係ありそうなの？」

「確かに……魔力経路にはごく弱い力でも干渉できる。むしろ実体のない存在の方が干渉はし易《やす》い。土地神程度でも、悪意を以《もっ》て攻撃すれば、あるいは……」

ぶつぶつ呟《つぶや》きながら、バルバトスはその場をうろつきまわった。ネフィリーも真似《まね》をして、後ろをついて回りながら考えるふりをしている。

「いや、しかし解《げ》せぬ。何故《なぜ》余の城が土地神に攻撃されねばならんのだ？　この近辺には、いくらでも建物が建っているではないか」

「このお城と他の建物で、何かが違うってこと？　……うーん」

材質、建設の目的、所有者……何が違うかというと、ある意味近隣の建物とロイヤルハイツ魔王城は違う部分だらけだ。

それだけに原因を特定できない。

「このお城だけが問題で……神様が怒るようなこと……『城』……『建物』……『神様』……『怒る』」

結亜《ゆあ》はスマホを操作し、片っ端から気になるワードを入れて検索していく。

「……あ、ああああ⁉」

突然上がった大声に、バルバトスが顔を顰《しか》めた。

「何だ、やかましい！」

「地鎮祭だああ！」

「地鎮祭……？」

「じちんさい……？」

初めて聞く単語に、バルバトスとネフィリーが首を傾《かし》げる。

「こっちの世界では、建物を建てる工事の前に、その土地の神様に許しを貰《もら》うための儀式をするの！　これ！　こういうやつ！」

結亜《ゆあ》がスマホを操作し、神職が祭壇に向かって祝詞《のりと》を捧《ささ》げている写真を見せる。

「はあああ⁉　何だそれは！　余はそんな話、聞いておらんぞ⁉」

「いきなりお城が建った衝撃が大きすぎて、全然気にしてなかった……これって、地鎮祭で許可を貰《もら》うのをすっ飛ばしてお城を建てちゃったから、土地の神様が怒ってるんじゃないの⁉」

結亜《ゆあ》は元々そうした神事のご利益《りやく》を信じているタイプではない。地鎮祭という儀式も、工事関係者が親睦を深めたり、迷信深い人々がゲン担《かつ》ぎをするためのものという認識だった。

しかし、今の認識は違う。

この世界に霊や神といった存在が確かに存在していて、目に見えないだけなのだから、それらを鎮《しず》める儀式にも形式以上の意味がある。

「かみさま、怒ってるの？」

「……確かに、その考えならば辻褄《つじつま》は合うな」

「で、でも、どうしよう⁉　地鎮祭って今からやっても大丈夫なのかな⁉」

建物を建ててしまった後で地鎮祭を行うのは、順番がめちゃくちゃだ。

「それはわからん。が、とにかく話してみるしかあるまい。この世界の神と」

そうするしかないと言いつつも、バルバトスは一度迷った。自身の力だけではそれが不可能であることを、バルバトスは知っている。

年端《としは》もいかない少女の、特別な力を頼るしかない。

「……ネフィリー。頼めるか？」

バルバトスの要請に、ネフィリーは今までになく真剣な表情でこくんと頷《うなず》いた。

◆◆◆◆◆

若者に人気のセレクトショップから雑貨店、レストランやフードコートまで揃《そろ》えた広大なショッピングモール。家族連れとカップルで賑《にぎ》わう華やかな施設の中で、勇者シグナは一人黄昏《たそが》れていた。

近くのエスカレーターを駆け降りてきた子供が、つんのめって顔から床に突っ込みそうになる。シグナは物思いに耽《ふけ》りながらその子供を受け止め、一回転させて衝撃を殺しながら着地させた。

「走ると危ないよ……」

ポカンとしている子供にそれだけを念押しして、溜息《ためいき》を吐きながらぶらぶらと移動する。

シグナの憂鬱の原因は勿論《もちろん》、バルバトスから指摘された受け入れ難《がた》い事実だった。

この世界は勇者も魔王も必要としていない。シグナは、勇者としてではなく新たな生き方を探さなければならない。

たったそれだけの事が、シグナにはどうしても受け入れられないのだ。

「勇者としてどうあるべきか、それだけを追求してきたんだ……今更僕に……どうしろって言うんだ……」

涙ぐみ、ぶつぶつ独り言を呟《つぶや》きながら彷徨《さまよ》い歩くシグナの姿に、すれ違う人々が慌てて目を逸《そ》らし距離を取る。

乱れた人の動きに驚いた女性が手に持ったアイスを落としたが、シグナが素早くスライディングで滑り込み、床に落ちる前にキャッチした。

「あ……あ、ありが……」

あまりの速度に驚き、うまく礼を言えずにいる女性にアイスを渡し、シグナはまた歩き始める。

「ひどいじゃないかバルバトス……魔王やれよぉ……魔王であれよぉ！」

口に出してそう言ってから、あまりに勝手すぎる願望に自己嫌悪《けんお》に陥り、シグナは泣き出した。

「ぐずっ……最低だ僕は……人々の自由と平和を守ると言っておきながら、それを脅《おびや》かす存在を願うなんて……！」

涙でぼやけた視界の中に、進路を塞ぐ人影が現れる。

「おい。何泣いてんだ」

聞き覚えのある声に、シグナは涙を手で拭って目を凝らす。そこに居たのは、いち早くロイヤルハイツ魔王城を出て行ったはずのノゼルこと野崎登《のざきのぼる》だった。

ノゼルだけではない。羅刹天憂世《らせつてんうきよ》。MCザヴァー。八子内《やしうち》夫妻。ロイヤルハイツ魔王城の最初の住民たちが勢ぞろいしている。

「お前さあ。あっちこっちのSNSでめちゃくちゃ話題になってんぞ」

そう言ってノゼルがスマホの画面を見せると、そこには「変なTシャツ着た金髪のイケメンに財布拾ってもらった！」「今日めっちゃいい人に会った〜！　変なTシャツだったけど」「完全にヒーローだけどTシャツだけ謎だったわ」といった内容が大量に書き込まれている。

ちなみに今日のシグナのTシャツは「プレシャスにんげん」と書かれたものだった。

「……はあ。そうなのか」

SNSがどういうものか今一つ理解できていないシグナは、間の抜けた返事をするばかりだ。

「腑《ふ》抜《ぬ》けた顔しやがって。さっさと戻るぞ」

「戻るって、どこへ……？」

「嫌だなぁ、決まってるじゃないですかぁ。ロイヤルハイツ魔王城ですよぉ」

「な、なぜ……⁉」

面食らって目をぱちぱちさせているシグナに対し、八子内《やしうち》夫妻はニコニコと微笑《ほほえ》みながら答える。

「うふふ。短い間ですけど、あのお城に住んでみて、今まで感じたことのない安らぎがあったのは事実ですもの」

「やっぱり、他の場所じゃ駄目なんですよねぇ……」

すっかり慣れて感覚が麻痺《まひ》していたが、大量のペットを子供たちと呼んで溺愛している夫妻は何処《どこ》に行っても敬遠されてしまうらしい。

「俺にはそもそも無い行き場、住処《すみか》を探す毎日だ。イェア」

MCザヴァーが若干の悲哀を込めてライムを刻んだ。

彼の場合、家賃が払えるかどうかわからないので、どこにも受け入れられないのは当然だ。

「……だんだん、腹が立ってきたのですわ。わたくしともあろうものが、何故《なぜ》大人しく管理人さんの言う通りに自分が惚《ほ》れこんだ城を出てしまったのか」

羅刹天憂世《らせつてんうきよ》が、ふんと鼻を鳴らしてふんぞり返った。

「誰の言う事も聞かずに、己の生き方を貫くのがわたくしですわ」

「そ、それは人としてどうかと……」

シグナが恐る恐るツッコむと、MCザヴァーが身振り手振りを交えながら軽快にライムを吐き出し始める。

「半端《はんぱ》が一番良くない貴様。イキって貫く己の生き方、やがて達人の域かな！　イェア！」

「……どういう意味です？」

「ブレないで自分の生き方を貫いた方が凄《すご》い奴《やつ》になれる、ってことだろ。……多分。知らんけど」

ノゼルが嫌々ながら翻訳する。

言われてみれば、元々シグナがロイヤルハイツ魔王城に住み着いたのはバルバトスを監視するため、人々を守るためだ。今こうしてバルバトスからも他の住民たちからも離れて一人で行き場を探しているのは、シグナの本来の在り方からはズレている。

ただし、MCザヴァーがそれを指摘できるほどシグナの事を良く知っているわけもなく、単に憂世《うきよ》の自分勝手な生き様を肯定したに過ぎない。

シグナの状況に当てはまったのは、単なる偶然の一致だ。

「とはいえ、今更戻ってどうするんです。バルバトスはもうあの城を放棄するつもりなのに」

「それはそれで、あのマンションの最期《さいご》の瞬間を見届けるという役目もありますからねぇ」

八子《やし》内進一《うちしんいち》が、目を細めてしみじみと語る。

「そうね、うふふ。好きになったものとお別れするのって辛《つら》いこと。だけど、最期《さいご》をきちんと見届けるのは大事よ」

八子《やし》内博恵《うちひろえ》の実感の籠った物言いに、シグナは返答を迷った。

シグナは夫妻の作った写真集を一冊購入したが、そこには、今飼っている動物たち以外の写真も含まれていた。おそらく既に死別したであろう、過去のペットの写真だ。

普段からペットの事を息子や娘と呼んで溺愛しているだけに、別れの時にはどれだけの苦痛を感じているか、想像に難《かた》くない。

「で。どうなんだよ。あんたは行く気あるのか？　俺らは勝手に行くけどな」

バッグを背負い直して尋ねるノゼルの問いに、シグナは考え込んだ。

「僕はもう、今更戻る気は……しかし、考えれば考えるほど危ない。バルバトスは人間であるあなたたちの身を守ろうなどと微塵《みじん》も考えませんよ？　城が倒壊したら巻き込まれるかも」

「そうかしら。わたくしの見立てでは」

羅刹天憂世《らせってんうきよ》が、髪を指でいじりながらぼそりと呟《つぶや》いた。

「……あなたと管理人さん、本質はとても似ていると思いますわ」

「はあ⁉　有り得ない！」

その言葉を聞いた途端にシグナはいきり立ち、拳を固く握って力説し始めた。

「勇者であるこの僕が、人類を守るために生まれてきたこの僕が！　バルバトスのような、人類を滅ぼそうとする魔族の王とどう似ているというんです⁉」

「だったらその目で確かめてみな、敵か味方かＣｈｅｃｋ ｉｔ ｏｕｔ、イェア」

「ああ、確かめますとも！　僕はあいつとは全く違う！　きっちりそれを証明してやりますよ！」

憤慨し、先頭に立って歩き始めるシグナ。その表情からは、先ほどまでの落ち込みっぷりはすっかり消え失《う》せている。

ロイヤルハイツ魔王城の最初の住民たちは、顔を見合わせ、苦笑しながらその後に続いた。

「そういえばぁ。ノゼルさんは別にどこにでも住めるでしょうに、どうしてロイヤルハイツ魔王城に戻るんですかぁ？」

「……別に俺の勝手だろうが。いちいちうるせえ」

ニヤニヤしながら尋ねる進一《しんいち》から逃れるように、ノゼルは顔を背け、シグナを追い越して足早に先頭に立つ。

「あら。勝手と言いますが、あの城に戻る気は無いか、とわたくしに連絡を取ってきたのはあなたの方からだったと思いますが」

「うちもそうです。シグナさんを捜すのも率先して動いてくれてましたね。うふふ」

「こいつ気遣いできるナイスガイ、口以外は悪くない無害。イェア」

「うるせー！　知らねー！　馬鹿ばっかだ、全く！」

ひたすらに照れてしらばっくれるその態度に、一行はたびたび炎上するノゼルがなんだかんだ人気の配信者である理由を思い知ったのだった。

◆　◆　◆　◆　◆

ロイヤルハイツ魔王城謁見の間は、紅白幕と青白幕によって彩《いろど》られていた。

紅白幕は祝い事全般に用いられるものだが、青白幕はあまりお目にかかれない。この幕は神と接する場所を覆う特殊な役目を持っていて、人の領域と神の領域を隔てる、一種の結界を作るものなのだ。

幕の中にはしめ縄を張り巡らせた四本の青竹が立てられ、神を迎え入れるための祭壇を囲んでいる。

祭壇には米や塩、野菜や果実、のし紙を付けた日本酒の一升瓶など、様々な供え物。本来は正式な神職に依頼して用意してもらうべきなのだろうが、事態は一刻を争うため、いずれも結《ゆ》亜《あ》がネットで得た知識で買いそろえた。

「まおー。はじめていい？」

「うむ……やってくれ、ネフィリー」

神妙な顔つきのバルバトスに促され、ネフィリーは祭壇に体を向ける。そのまま、両手の甲を合わせて詠唱を始めた。

「今しばし、十二のはずれのひとはしら、クトニオスの冬の糸杉をなぐさめよ。『アトレッド・オルフェウス』」

この魔法は本来、死者の魂を物体に宿らせるためのもの。この世界の神に対しても有効かどうかは、一か八かの賭けとなる。

祈るような気持ちで見つめている結亜《ゆあ》の前で、もやもやした煙のようなものがネフィリーの前を彷徨《さまよ》い、祭壇に供えられた日本酒の一升瓶がかたかたと揺れ始めた。

「お……お酒に入った⁉」

「静かにしろ、結亜《ゆあ》」

やがて瓶の揺れが治まると、低く、威圧感のある声が周囲に響いた。

【出て行け……】

息が詰まり鳩尾《みぞおち》のあたりがずしりと重くなる感覚に、結亜《ゆあ》は顔を顰《しか》めた。バルバトスが平然としているのが信じられない。

「ふん。開口一番に出て行けとは、せっかちな神も居たものだな」

「ちょっと、バルバトス！　失礼のないようにしなさいよ！」

結亜《ゆあ》はふんぞり返っているバルバトスの肩を叩《たた》き、小声で叱りつけた。神を相手にした正しい言葉遣いなど結亜《ゆあ》にも分からないが、バルバトスのものが正解でないことは確かだ。

「あの、順番が逆になってしまって、申し訳ありません。ここに城を建てることに許可を頂けないでしょうか……？」

結亜《ゆあ》が慎重に言葉を選んでそう話しかけると、酒瓶に宿った土地神はしばし沈黙し、やがて逆に質問を返してきた。

【この城は……何だ……？】

「な、何って言われると」

結亜《ゆあ》が思わずバルバトスの顔色をうかがう。

「ロイヤルハイツ魔王城とは、人々が上質で豊かな暮らしを送るための居住施設。元は魔王である余の居城で、軍事拠点でもある」

バルバトスは包み隠さず事実を回答した。この土地神は、以前のネフィリーとの会話でバルバトスや城についてある程度知識を得ているはずなのだ。

故に、これは質問と言うより次の話をするための前置きに過ぎないと判断した。

案の定、土地神の宿った酒瓶からは怒気を含んだ声が響く。

【そんなものを……勝手に、この平和な世界に建てるな……‼】

「その点に関しては謹んでお詫《わ》び申し上げます！」

結亜《ゆあ》は反射的に頭を下げて謝罪していた。土地神の怒りはもっともだ。あまりに真っ当で、筋が通っている。

「一応言っておくが、決して故意ではない。成り行きでここに建ったのだ。不可抗力というべきものだ」

【黙れ。故意であろうとなかろうと、許される事ではない……！】

バルバトスの弁解も、すっぱりと切り捨てられる。

「ぬう、偉そうに……さして歴史の古い神でもあるまいに……！」

小声で愚痴を言うバルバトスの見立ては正しい。豊洲《とよす》は大正十二年の関東大震災で発生した瓦礫《がれき》を活用して作られた埋立地であり、それ以前は東京湾の一部だったのだ。

無論バルバトスがそんな歴史を知っていたわけではないが、眼前の名も無き土地神が口調ほどに古い歴史を持つ神ではないことを看破していた。

本来、相手が格下ならば、威圧的に条件を押し付けて一方的に有利に事を運ぶのがバルバトスの交渉術。

だがこの時、バルバトスはあえて対話を続けた。

「余の城を壊して、その先に何があるというのだ。何か得をするのか？」

【損得の問題ではない。この土地を守るのが我の役目……勝手は許さんということだ……】

あまりに強硬な態度に、バルバトスは眉を顰《ひそ》めた。全く話が通じる気配が無い。

「バルバトス。こうなったらもう、誠心誠意頼み込むしか無いよ」

「先ほどからやっているではないか」

「まだ高圧的だよ！　もっとこう、低姿勢で……」

「結亜《ゆあ》……貴様、魔王であるこの余に、土地の神ごときに頭を下げろと言うのか？」

「今のバルバトスは魔王じゃなくて管理人でしょうが！」

そう言ったものの、結亜《ゆあ》自身、あまりに実現の困難な要求をしている事には気が付いていた。

バルバトスが誰かに頭を下げてお願いをするところなど見たことが無いし、性格からいってそれが可能とも思えない。

何か別の方法を考えなければならないかと思い始めた、その時だった。

　バルバトスはぶるぶると体を震わせ、今にも嘔吐《おうと》しそうなほどの顔色を悪くしながら、ようやく15度ほどの角度頭を下げた。

「お……おお……！　お願い……する……お願いします……！」

「頭を下げるだけで死にそうになるな！」

　ツッコミはしたものの、結亜《ゆあ》は内心少し感動を覚えていた。今のバルバトスは、住民のために自分の主義を曲げてでも尽くそうとしている。

　この努力にはなんとか神も報いてもらいたいと、思わずそう願うほどの珍事だ。

　しかし、現実は非情だった。

【許さぬ。出て行け……】

　土地神の返答には、まるで変化が無い。

「おい、結亜《ゆあ》！　これでは頭の下げ損ではないか！」

「あの、神様。こいつはこんなですけど、一応、ここに住む人たちの平和のために頑張ろうっていう気持ちはあるみたいなので……」

「おい、こいつとは何だ。こんなとは、どんなだ。結亜《ゆあ》」

「もおおおおうるさいなぁ！」

【渡さぬ。この地は、絶対に渡さぬぞ。出て行け。出て行け。出て行け出て行け出て行け】

　土地神がループ・サウンドのように同じ言葉を繰り返すと、祭壇の酒瓶ががたがたと激しく揺れ始めた。

「む……いかん、ネフィリー！　魔法を中断しろ！」

不審さを感じたバルバトスが大声で呼びかけたが、一足遅かった。ネフィリーは額に汗を浮かべたまま目を閉じ、動かない。

「ぬう。土地神に主導権を取られている⁉」

未熟なネフィリーでは、土地神を完全に制御下に置くことができなかったらしい。逆に土地神に操られる形で魔法を使い続けてしまっている。

バルバトスがネフィリーを抱き上げて祭壇から遠ざけると、同時に酒瓶が祭壇から転がり落ち、床にぶつかって割れ砕けた。

「うわ⁉　ちょっとバルバトス、神様零れちゃったよ⁉」

酒瓶の中身は床に流れ、床の罅割《ひびわ》れへと染《し》み込んでいく。あまりにも素早いその動きに、バルバトスは不審さを感じ取った。

（何だ、今の動きは。まるで、最初からこうするつもりであったかのような……）

バルバトスは素早く考えを巡らせ、最悪の想定にたどり着いた。

「しまった！」

土地神はネフィリーの魔法によって実体を得た。しかし、一升瓶に入る程度の大きさでは力もたかが知れている。

　そこであえて瓶を割り、床の罅割《ひびわ》れから逃げてロイヤルハイツ魔王城の水路に入ったのだ。

「奴《やつ》の狙いは、最初から給水塔か！」

「え？」

　ネフィリーが以前土地神を目撃したのも給水塔付近だったという。

　給水塔は城内の排水が全て集まる場所であり、数百年分の水を貯蔵した水精碑がある。ネフィリーの魔法によってその大量の水に宿れば、土地神は巨大な体を得ることができるのだ。

　バルバトスはネフィリーを抱え、城外へと飛び出す。仮説を証明するかのように、激しい揺れと共に給水塔の上階がはじけ飛んだ。

「やはりそうか……！」

「な、なにあれ！　あれがさっきのと同じ神様なの⁉」

　給水塔とほぼ変わらない長さの胴を持つ巨大な水の竜がそこに生まれ、激しい怒りを含んだ目でバルバトスを睨《にら》みつけていた。

　その竜の口が大きく開いたかと思うと、すさまじい勢いで水を噴射した。

「『ゲヘナの無音の歌』！」

　咄嗟《とっさ》にバルバトスは愛用の魔剣を召喚し、手に取って振り下ろした。

　冥府の炎の力を宿す魔剣が、バルバトスたちを襲おうとする高圧の水流を着弾寸前で一気に蒸発させる。

しかし、事態はそれでは終わらない。

【出て行け……出て行け……！】

ひたすらに同じ言葉を繰り返しながら、土地神による水の噴射は続く。

バルバトスは幾度も魔剣を振るってその攻撃を凌《しの》ぐが、追い詰められている現状に気が付いていた。

何しろ、水精碑に貯蔵されている水の量は無尽蔵に近い。それを吐き出す土地神の攻撃もまた、いつになったら止《や》むのかわからないのだ。

対してバルバトスの魔力は有限、防御しているだけではいずれ突破される。

「おのれ……魔力の豊富な土地であれば、このような弱敵に苦戦など……！」

バルバトスは苛立《いらだ》ちを込めて独り言を言う。が、本当に反撃に転じられない理由は少し違う。

バルバトスが抱きかかえるネフィリー、そして背後にいる結亜《ゆあ》の存在だった。

「バルバトス……！」

不安げな結亜《ゆあ》の声が、バルバトスを焦《あせ》らせる。

バルバトスが少しでも防御の手を緩めれば、高圧の水流によって結亜《ゆあ》は吹き飛ばされてしまう。

（……だから何だというのだ）

ロイヤルハイツ魔王城の住民である以上、バルバトスには結亜《ゆあ》の幸福を守る義務がある。しかし、この切羽詰まった状況で身動きが取れなくなるほどの絶対的なものではない。

(何故《なぜ》、余ともあろうものが、人間などを必死に守ろうとしている……⁉)

その答えが分からない。

混乱するバルバトスの前に、さらに新たな人物たちが姿を見せた。

「管理人さん？　何が起きているのです？」

「何だこりゃ⁉」

「ワッツアップ⁉」

「わあ、大きいなぁ」

「見たことのない生き物ですねぇ、うふふ」

巨大な土地神の姿に恐れおののいたり、呑気《のんき》な感想を漏らす住民たち。

突然の再会でバルバトスの中に生まれた感情は、喜びではなくさらなる焦《あせ》りと戸惑いだった。

「貴様ら、何故《なぜ》ここに居る⁉　危険だ、戻れ！」

【出て行け……！】

未《いま》だ事態を把握できていない住民たちに対しても、土地神は容赦なく挑みかかる。

「よせ！　やめろ！」

静止の声が届くはずもなく、高圧の水流が射出された。

つい先日まで、ロイヤルハイツ魔王城の住民たちを生贄《いけにえ》に捧《ささ》げるつもりだったにもかかわらず、バルバトスは目の前が真っ暗になるような感覚を味わった。

もはや理由などどうでもよかった。住民たちが絶体絶命の場面に遭遇した瞬間、その命を守れない自分に絶望していた。

しかし。

着弾の瞬間、水流は眩《まぶ》しい光に弾《はじ》かれて四方に飛散した。

「あれは……！」

結亜《ゆあ》の顔が綻ぶ。

「……居るのなら最初から顔を見せろ。勿体《もったい》をつけおって」

バルバトスは、喜びとも呆《あき》れとも取れる複雑な表情で口《くち》を歪《ゆが》めた。

「間一髪！　勇者シグナ、ここに参上だ！」

星煌剣《せいこうけん》アークトゥルスを手にしたシグナが、見得を切って水流から住民たちを庇《かば》っている。

芝居がかったポーズとセリフは大仰だが、完璧な防御だ。

それを目にしたバルバトスは心から安堵《あんど》すると共に、覚えのある感情がふつふつと沸き上がるのを感じていた。

ロッケンヘイムに居た頃、自身の領地が人間の軍勢によって襲撃を受け、その損害の報告を受けた時。

あるいは、ネフィリーが危険に晒《さら》された時。

そうした時に沸き上がる、激しく強い怒りだった。

「……そうか」

バルバトスはようやく知った。

(余の役割は、敵対する人類を滅ぼし、魔族を繁栄させることだと思っていた。それが余の生まれた意味であると、そう思っていたが……違うのか)

目の前で消えていく無数の命、誰も自分と共には居られないという絶望。

その絶望の中でバルバトスはこの世に発生した。だから、同族である魔族を守ることに固執した。しかし。

(魔族だろうが、人類だろうが、関係は無かったのか)

誰であれ、自分の近くにいる者を守りたいのだ。居場所のない者に居場所を作ってやり、共に居てほしいのだ。

誰かと共に生きたいという寂しさ。

それこそが、自身も気づいていなかったバルバトスの本質だ。

(……我ながら、何と情けない)

だが、今その情けなさから目を逸《そ》らしてはならない、とバルバトスは感じていた。

それが本質ならば、自身を突き動かす衝動に従うだけだ。手段は問わずに。

「シグナ」

出し抜けに、バルバトスがシグナへ呼びかけた。

「何だ⁉」

「余から、人類を守れ。それがこの場の貴様の役目だ」

「は？　おい、何を言ってる？」

シグナが問い返したが、バルバトスはそれには答えず、結亜《ゆあ》にネフィリーを預けて、前に進んだ。

胸の前で腕を交差し、給水塔へ絡《から》みつく水の竜を見つめて。

「爆《は》ぜる火は、血の色よりもなお赫《あか》く」

詠唱と共にバルバトスの角が紅く、眩《まぶ》しく輝き始める。空気が焼け、周囲の景色は蜃気楼《しんきろう》のように揺らめき始める。

「滾《たぎ》れ。地獄の罪より熱く」

バルバトスの顔が罅割《ひびわ》れ、血が滲《にじ》む。

否。それは血ではなく、高温の燃える雫《しずく》だ。

「起源、解放――バルバトス」

バルバトスが交差した腕を開くと共に、爆発のような勢いで全身から黒煙が噴出し、火の粉と灰が宙を舞った。

吹き寄せる熱風を、シグナが呼び出した聖剣アークトゥルスの輝きが弾く。

「おい、バルバトス……⁉」

シグナの叫びに応えるように、もうもうと立ち込めた煙の中からバルバトスが立ち上がる。

その動きで、空気と大地が揺れた。

バルバトスの姿は、全身が炎に覆われた岩石の巨人となっていた。

シルエットや顔つきにバルバトスの面影はあるものの、給水塔に絡《から》みつく水の竜と変わらないほど巨大なサイズだ。

「これが……バルバトスの、本当の姿……⁉」

結亜《ゆあ》は、その神秘的な光景を目を見開いて見つめていた。

バルバトスの起源は火山だった。

硫黄臭い煙を噴き、灼熱《しやくねつ》の溶岩を流す、破壊の化身だった。

魔族にとって、起源を知られることは弱点を含めた全てを曝《さら》け出《だ》すことに等しい。だが、バルバトスは今、それを自ら晒《さら》していた。

守るべき人々と、その人々の住む場所のために。

バルバトスの燃える掌《てのひら》が、土地神の首根っこを摑《つか》み、給水塔から引きはがそうとする。

【離せ！】

土地神が吼《ほ》えた。

高温の手に摑《つか》まれた箇所は急速に気化し、大量の水蒸気がもくもくと煙のように噴き出す。

たまらず、土地神は長い尾を打ち振るってバルバトスから逃れようとした。しかし、バルバトスの巨体はびくともしない。

それどころか打ち付けられた尾を掴《つか》み、脇に抱え込んで、首と同時に締め上げ始めた。

「決まったァ！　チキンウイング・フェイスロック……っぽい何か！　新技きたこれ！　特許取れ特許！」

ノゼルがいつの間にやらスマホでこの戦いを撮影し、配信者らしく実況していた。特撮技術にしてはあまりにリアルで臨場感のある映像に、配信の視聴者が爆発的な勢いで増加していく。

「しかしあの形状はどう見ても爬虫綱有鱗目《はちゅうこうゆうりんもく》ですよぉ。関節技は効果が薄いのではないですかねぇ？」

「でも、苦しそうよ。温度が環境に適していないのね、かわいそう。うちの子になればいいのに」

呑気《のんき》な事を言いながら、八子内《やしうち》夫妻はフラッシュをたいて写真を撮影している。

「YO、見てるか？　絶対退屈しない、TAKE2は無い、生中継がまるで怪獣映画、イェア！」

「ちょっと揺れが激しすぎますわね。もう少し抑えていただきたいわ」

MCザヴァーはお気に入りのループ・サウンドをスピーカーから大音量で流しつつライムを吐き出し、羅刹天憂世《らせつてんうきよ》は文句を言いつついつの間にか開いたカンバスに筆を走らせている。

（こ……この人たち、全然戦いの役に立たない……！）

好き勝手に行動している住民たちに、結亜《ゆあ》は唖然《あぜん》とした。

しかしある意味、こうして住民たちが好き勝手にする自由こそ、バルバトスが守りたいと思ったものなのかもしれない。

土地神が苦し紛れにバルバトスの目を狙い、口から高圧の水流を吐き出す。

バルバトスは首を捻《ひね》って直撃こそ避けたものの、その勢いと水流の直撃にバランスを崩してたたらを踏む。

圧倒的に巨大なスケールで行われる足踏みによって大地が揺れ、観戦している結亜《ゆあ》たちはひっくり返りそうになるのを必死にこらえた。

剝がれ落ちた給水塔の破片、バルバトスから飛ぶ溶岩の飛沫《ひまつ》、高温の蒸気。絶え間なく降り注ぐそれらの危険を、シグナが聖剣を振るって弾《はじ》き飛《と》ばす。

「うおおおおおおお‼」

シグナの気力は充実していた。

バルバトスがこの状況下で己の本質を見出《みいだ》したように、シグナもまた、自分にとって本当に必要なことを悟り始めていた。

人間を守るということは、必ずしも魔王バルバトスを打倒することを意味しないのだ。そう考えれば、シグナにできることはたくさんある。

「僕は！　人類の自由と平和を守る、勇者シグナなんだぁああああ！」

雄たけびをあげつつ、シグナは素早く跳躍し、落下してくる瓦礫《がれき》を叩《たた》き割《わ》った。

そんなシグナの奮戦を横目に確認しながら、バルバトスは上半身を捻《ひね》って、土地神が嚙《か》みつこうとする動きを避ける。

（神であろうが、なんであろうが。そこまでして余を受け入れぬというのならば……力づくで認めさせるまでだ！）

避けた動きから足を踏ん張り、バルバトスは一転前に出て拳を振るう。土地神がその拳を躱《かわ》すことすら読み切り、体ごとぶつかった。

超高熱の体当たりを受けた土地神の身体《からだ》はみるみるうちに蒸発し、萎《しほ》んでいく。

さらにバルバトスは倒れ込む土地神に馬乗りになり、連続で拳を浴びせ始めた。

「ちょっと……バルバトス」

ネフィリーを抱きかかえていた結亜《ゆあ》は、ふいに胸騒ぎを覚えた。

小さな頃、結亜《ゆあ》は祖母の京子《きょうこ》から聞いたことがある。

土地の守り神を大事に扱わないと、その土地に大きな災いを招くことになるという話が、世界中にいくつも伝わっているという。

バルバトスという異世界の脅威に対抗するため極端な行動に出てはいるものの、本来土地神はあくまでその土地を守るために存在しているのだ。

完全に消滅させてしまうのはよろしくない。

「バルバトス、ちょっと待って！　そのまま倒しちゃ駄目ー！」

結亜《ゆあ》はあわてて呼びかけたが、あまりに巨大なバルバトスの耳にその声が届いている様子はない。

「……すいません、ネフィリーちゃんお願いします！」

「え？」

結亜《ゆあ》は意を決し、抱きかかえていたネフィリーを八子内博恵《やしうちひろえ》に託した。

そのまま、落ちていたゲヘナの無音の歌を拾い上げて駆け出す。

「シグナさん！　援護して！」

「え……えええええっ⁉」

結亜《ゆあ》の予想外の行動に度肝を抜かれたシグナは、間抜けな声を返しながら言われるがまま後に続いた。吹き付ける灼熱《しゃくねつ》の風を、聖剣の加護が弾く。

「一旦やめろって言ってんの！　バルバトスゥウウウウ！」

結亜《ゆあ》は跳躍し、そのまま、土地神の首を締め上げるバルバトスの足の裏に思い切り魔剣を突き立てた。

「ぐおあああああ⁉」

あまりの激痛にバルバトスは飛び上がった。いかに巨大な姿になろうとも、痛いものは痛い。

例えるならば、足の裏に爪楊枝《つまようじ》が突き刺さったようなものだ。

そして後先考えずに行動した結亜《ゆあ》の頭上に、飛び上がったバルバトスの巨体が倒れ込んでくる。

「危ない結亜《ゆあ》さん……うぉお⁉」

シグナが慌てて庇《かば》おうとしたものの、こちらはこちらでバルバトスの拘束から解放された土地神が苦痛にのたうち回る動きに巻き込まれ、前に進めない。

「結亜《ゆあ》さん！　逃げろぉ！」

「し……死んだ、これ」

熱い溶岩を滴《したた》らせる巨大な岩石の塊が、結亜《ゆあ》の頭上へ迫る。

その迫力に仰向けにひっくり返った結亜《ゆあ》は、目を瞑《つぶ》り、覚悟を決めた。

「ううっ……！」

「結亜《ゆあ》……貴様というやつは」

いつまでたっても死の衝撃を感じない。それどころか聞き覚えのある声が目の前で聞こえ、結亜《ゆあ》は恐る恐る目を開いた。

仰向けに倒れた結亜《ゆあ》に覆いかぶさるようにして、人間大のサイズに戻ったバルバトスが不機嫌を露《あらわ》にしていた。

「後先考えず行動するな、この愚か者がぁ！　余だからこそ！　優れた判断力を持つ余だからこそ、咄嗟《とっさ》に起源の力を解除し事なきを得たのだ！　もう少しでお前を押し潰すところだったのだぞ！　ぺちゃんこだぞ！」

「わ……わかった、わかったから……まず、そこを退いて」

「何故《なぜ》だ！　逃げる気か貴様！」

「顔が近いんだってば！」

乙女心を理解しない魔王は不思議に思いつつも結亜《ゆあ》の上から退き、手を貸して助け起こした。

「まったく、考えなし人類の代表選手めが。弱いくせに度胸だけは据わっているからたちが悪い」

「それはどうも」

「褒めておらんぞ！」

愚痴を言いつつも、バルバトスは結亜《ゆあ》が止めに入った理由を察してはいた。

「土地神を殺してはならんのだな？」

「うん。おばあちゃんが昔、そんなこと言ってた気がして」

「そうか。しかし、そうなるとどうしたものか……」

土地神は体の大半が蒸発して見る影も無く縮小し、せいぜい7、8メートル程度の姿になっていた。

既に虫の息ではあるが、戦意はまだ衰えていない。這《は》いつくばりながらもバルバトスを睨《にら》み

つけるその目つきからは、説得に応じそうな気配は見られない。

一方でバルバトスも、体力も魔力も使い過ぎて足元がふらついている。

互いに決め手無く、戦況が膠着《こうちゃく》状態に陥ったその時だった。

土地神とバルバトスの格闘によって半ば崩壊した給水塔から、めきめきと嫌な音が響いた。

その音で、バルバトスは事態のさらなる変化を察知した。

耐久力の限界を迎えた給水塔が完全に崩れ、地に伏している土地神の上に向かって倒れこんでいく。

まるで、好き放題に壊された城が、傷ついた土地神に止めを刺そうとするかのように。

無論、バルバトスとしてはそれを実現させるわけにはいかない。

「シグナ！」

「バルバトス！」

二人は、ただ互いの名を叫んだ。それだけで意図は伝わった。

星煌剣《せいこうけん》アークトゥルス。ゲヘナの無音の歌。

互いに愛用の武器を手にし、二人が呼吸を合わせる。シグナは上段に、バルバトスは逆に地にめり込むかというほど低く構えた。

そして、彗星《すいせい》を思わせる軌跡を描く斬撃と、紫の炎を纏《まと》った斬撃が、大地から空へ走った。

二つの斬撃は交差し、それに挟まれた給水塔は粉々に砕けて霧散した。

幾度となく交差してきた二本の剣。互いを狙えば打ち消し合って無に帰すばかりの斬撃が、同じ標的を狙えば無類の威力を発揮する。

歴史上初の勇者と魔王の共同作業によって、その威力は立証されたのだった。

危うく崩壊した給水塔の下敷きになって止めを刺されるところだった土地神は、弱々しく地面に這《は》いつくばりながらも必死に体を起こし、怨嗟《えんさ》というよりも懇願の声を上げていた。

【出て……行け……】

バルバトスはふらつき、足を引きずりながらその土地神の前に立った。

「……貴様、そこまでしてこの土地を守りたいのか」

【そうだ。それこそが、我の役目……それだけが、我の役目】

バルバトスは、その執念を否定する事が出来なかった。

バルバトスにとってこの城が存在の意味であるように、土地神にとってはこの土地そのものが存在する意味なのだ。

シグナもまた、聖剣を振るい続けた反動でフラフラになりながらバルバトスの隣に並び立ち、問いかける。

「この土地にとって、僕たちは邪魔者でしかないのか？」

【土地どころか、この世界の邪魔者だ。出て行け……！】

どうあがいても、異世界からの来訪者が異物であることに変わりはない。シグナとて逆の立場になればそう感じるだろう。

返す言葉につまるシグナの代わりに、結亜《ゆあ》が声を張り上げた。

「でも！　この世界にも、ここに住みたいと思ってる人間がたくさん居るんですよ！　そのためのお城なんだから、認めてくれてもいいじゃないですか！」

【だからといって……いや、待て。あれは京子《きょうこ》か……？】

「え？」

唐突に祖母の名を出され、結亜《ゆあ》は面食らって目を瞬《しばたた》かせた。

後ろを振り返れば、息せき切って京子《きょうこ》が遠くから駆け寄ってくるところだった。

「はあ、はあ……結亜《ゆあ》ちゃん、大丈夫かい……！」

老骨に鞭《むち》打って走ったせいか、京子《きょうこ》はすっかり息が上がっている。

【京子《きょうこ》……だな。久しいな。貴子《たかこ》が小さな頃、ここで一緒に遊んでいる姿をよく見かけたものだ……】

土地神が、今までにない優しい声を出す。

「あら、私の事をご存じなんですか？　仰《おっしゃ》る通り、神代京子《かみしろきょうこ》でございます。こちらは初めてお目にかかります」

この状況で巨大な水の竜に対し深々とお辞儀をする京子《きょうこ》は、やはりどこか感性がズレている。が、土地神はどこか嬉《うれ》しそうに喉を鳴らした。

【この土地に城を建てるのは、お前も合意済みだったのか……？】

「はい、そうですよ。苦手な契約書に、きちんとサインもいたしました」

【そうか。京子《きょうこ》、お前が見ているのならば安心だ……我も、この城を守るために力を貸すとしよう……】

「は？」

呆気《あっけ》にとられるバルバトスの前で、土地神はロイヤルハイツ魔王城の壁にへばりついた。そのまま壁に染《し》み込み、まるで最初からそうだったかのように壁の模様と化した。

【我はしばし、眠りにつく。だが、もしも外敵が襲ってきたならば、その時は再び力を振るおう……】

「まあ。それはそれは、ありがとうございます」

手を合わせて深々と感謝のお辞儀をする京子《きょうこ》の前で、壁の模様は動きを止めた。

「お……おい、こら。なんだこのオチは……！」

愕然《がくぜん》とした表情のバルバトスが呟《つぶや》く。

「最初から余が京子《きょうこ》さんと正式に契約を交わしたことを伝えていれば、このような騒動にはならなかったというのか⁉」

「嘘《うそ》だろう……？」

今にも倒れ込みそうな姿勢でバルバトスが喚《わめ》き散らすその隣では、シグナも放心状態になってへたり込んでいた。

「えーと……」

気まずい空気の中、結亜《ゆあ》が人差し指を立てて無理やり笑顔を作る。

「やっぱりこう、きちんと話し合わないとさ、誤解から無用な争いが起こるってことで……人間と魔族も同じなんじゃないかな」

「や、やめろ結亜《ゆあ》！　ざっくりとしたまとめ方で無理やり教訓めいた話にするな！　許さん、余は許さんぞ！　なんだこの茶番は！」

怒りを露《あらわ》にするバルバトスの頬に、水滴が撥《は》ねた。

土地神とバルバトスの格闘で空へ舞い上がった水が、雨のように降り注いでいる。

ずぶ濡《ぬ》れになって悲鳴を上げる住民たちの姿を見て、ようやくこの騒動が解決したことを確認し、バルバトスは深く息を吐いた。と同時に、ひどい虚脱感に襲われ仰向けに倒れた。

起源の力を解放した上に魔剣も振るい、今のバルバトスは完全に魔力を使い果たしている。回復するためには十分な休養が必要になるだろう。

隣を見れば、シグナは一足先に倒れて気を失っている。

「ちょっと、バルバトス⁉　シグナさん⁉」

「まおー、じゅうたい？　ゆうしゃ、きとく？」

「管理人さん!?」

慌てて駆け寄った結亜《ゆあ》やネフィリー、住民たちが、口々に何か言っている。が、バルバトスは既に意識が朦朧《もうろう》としていて、誰が何を言っているのかよくわからない。

(待て。まだ気絶するな……)

バルバトスの中に、一度眠って目覚めたら、その時にはとても言う気にはなれないであろう言葉があった。だから、視界が霞《かす》む中で言った。

「……ありがとう」

それはバルバトスがこの世界に訪れて初めてどころか、生まれて初めて口にした、感謝の言葉だった。

自分を導いてくれたものに、助けてくれたものに、奮い立たせてくれたものに。

そして、自分がこの世界に生まれた本当の意味を気づかせてくれた全てのものに、礼を言いたくて仕方が無かったのだ。

驚く結亜《ゆあ》たちの表情から、自分が口にした言葉が確かに伝わった事を確認し。

バルバトスは笑いながら目を閉じ、意識を失った。

エピローグ　魔王城、空き部屋あります

ロイヤルハイツ魔王城の廊下を、管理人のバルバトスが行く。

エプロンをつけて堂々と闊歩《かっぽ》するその手にはお盆があり、お盆の上には麦茶の入ったグラスと手作りのおにぎりが載っている。

そのまま城の外壁近くへ歩みを進めたバルバトスは、そこにいる一人の女性に声をかけた。

「進捗は順調のようだが、休憩は取ったのか？」

「必要ありませんわ」

住民の一人、新進気鋭のアーティストである羅刹天憂世《らせつてんうきよ》が、壁に描かれた竜の壁画に装飾を描き加えている。

憂世《うきよ》は鬼気迫る表情で、脇目も振らずにひたすら絵筆を走らせていた。

「やめておけ。脆弱《ぜいじゃく》な人間には不眠不休の作業など不可能、むしろ著しく効率を落とすぞ。せいぜい適度な休息を心がけることだ」

「……まあ、それは一理ありますわね」

憂世《うきよ》は作業を中断し、手を拭いて、差し入れのおにぎりをがっついた。

バルバトスの上から目線の説教は、憂世《うきよ》にはさほど不快感を与えないらしい。

本質を見る事を重視する憂世《うきよ》にとっては話の内容こそが重要で、礼節には重きを置いていないのだ。

ある意味利点ではあるのだが、本人も他者に対して遠慮のない物言いをする。その上、プライドが高く妙なところにこだわりを持つため、度々対人トラブルを招く。

特に隣室のMCザヴァーとはウマが合わないらしく、大喧嘩《げんか》をしてバルバトスが仲裁に入ることも少なくない。

しかし、その関係性に少々変化があったようだ。

「今、ラッパーと組んで仕事をしていると聞いたが、どういう心境の変化だ？」

MCザヴァーがスタッフとして参加しているクラブイベントで、憂世《うきよ》がフライヤーのデザインを担当することになったのだという。

「別に心境の変化というほどのこともありませんわ。相変わらずあの男とは気が合いませんが、今回の仕事では直《じか》にやり取りをする事も少ないですし、揉《も》めようがありませんの」

「ふむ。近しいと仲違《なかたが》いするが、適切な距離を保てば良好な関係でいられるわけか。人間とは妙なものだな……」

バルバトスは少し眉間を揉《も》んで考え、妙案を閃《ひらめ》いた。

「何なら、部屋の方も物理的に離してみるか？　城の構造そのものを組み替えれば、部屋を引っ越す事なく可能だが」

しかしこの提案を、憂世《うきよ》は首を横に振って拒否した。

「それには及びません。ようやく最近あの男のラップ喋《しゃべ》りを解読できるようになってきた所……次やり合ったら、一発かましてやりますわ！」

どうやら両者の間には、容易に踏み込めない特殊な関係性が出来上がっているようだ。

バルバトスはあえてそこには触れないことにした。

「ゆっくり食べるがいい。人類はすぐに食物をのどに詰まらせたりする」

まだおにぎりを食べている憂世《うきよ》を残して、バルバトスは次の目的地へ向かう。

その途中、廊下で住民の一人、澤幸人《さわゆきと》ことＭＣザヴァーとすれ違った。

ザヴァーは左右に揺れてステップを踏みながら、どこかへ向かう所のようだった。

「また懲りもせず、ラップバトルの大会とやらに出るのか？」

「当然、今日こそ狙う頂点。心の銃に弾丸を装塡、そして食らわす脳天、イェア」

「……ラッパーよ。貴様、ラップで食えんのであれば別の仕事に専念すればよいのではないか？　余にはよく分からぬが、貴様が奏《かな》でる音の方が、歌よりも評判がいいと聞いたぞ」

ＭＣザヴァーは、ノゼルに手伝ってもらって自身が作成するビート音源のダウンロード販売を始めた。その売上がかなり好調らしい。

一方で、本人歌唱のラップの曲はさほど売れていない。そして相変わらずラップバトルの大会に出れば予選敗退を繰り返している。

ラッパーではなく、ビートメイカーとしてそちらの活動に専念した方がよほど稼げそうなのだ。

「一切れ食うのは簡単、目の前の甘いケーキ。だが俺は俺を再定義、MCザヴァーはあくまでラッパー。苦い思いしても吐くまでやったらあ。イェア」

「ふむ。そうか」

バルバトスにも、だんだんとMCザヴァーのメッセージが解読できるようになってきた。自分の生きたい道が楽ではないとしても、あえてそこを歩む自由はある。

適性を考えて仕事をするのも大事な事だが、向き不向きで言えば、バルバトスとて決して管理人に向いているわけではないのだ。

説教をするよりも、今は素直に応援すべきだとバルバトスは判断した。

「では……そうだな。一発かましてくるがいい」

「イェア」

バルバトスが拳を前に出すと、MCザヴァーも拳を前に出して軽く合わせる。先日MCザヴァーに教えてもらった、ラッパーの挨拶の一つだ。

ヘッドフォンを耳につけ、左右に揺れながら去っていくMCザヴァーの背を見送ったバルバトスは、ついでとばかりに八子内進一《やしうちしんいち》、八子内博恵《やしうちひろえ》夫妻の部屋の前を通る。

すると、珍しくスーツ姿の進一《しんいち》が玄関で妻の見送りを受けているところだった。

「む。珍しいな、これから出勤か？」

「そうですねぇ。ちょっと部下がやらかしたようでぇ。助けに行ってきますよぉ」

バルバトスも最近知って驚いたのだが、八子内進一《やしうちしんいち》は会社ではそれなりに重要な役職に就いているらしい。

ペットの事となると人が変わる奇妙な人物ではあるが、結局、ふだん目に見えている面だけがその人物の全てとは限らないのだ。

バルバトスがスーツをきっちり着こなす進一《しんいち》に感心していると、部屋の中からネフィリーが顔を出し、駆け寄ってきた。

「まおー、見て見て。ネコちゃん、ネフィリーに乗っかるの好きだって」

「おお……さすがはネフィリー。畜生を……もとい、幼子を手懐《てなず》ける才能まで持ち合わせているとは！」

どういうわけか頭の上にしがみつく黒猫を見せびらかして上機嫌なネフィリーに、バルバトスの顔も綻ぶ。

「うふふ。遊んでもらって助かりますわ。作業中は構ってあげられないので」

八子内博恵《やしうちひろえ》は元々リモートワーカーだが、長くブログで連載していた「ペットのストレスを取り除き長生きさせるための方法論」が注目され、監修を受けて書籍化される運びになったのだという。

忙しさが増した分、ネフィリーがペットたちの相手をしてくれるのに助けられているようだった。

「では、行ってきますぅ。十九人の子供たちのためにも、がんばって稼ぎますよぉ」

「また増えたな……？」

つい先日まで十五人だったはずだが、どうせ覚えきれないので、何の動物が増えたのか聞く気にはならなかった。

「来月には二十人になります。うふふ」

「まだ増やすのか……」

そのうちこのロイヤルハイツ魔王城が動物園のようになるのではないかという危惧がバルバトスの脳裏をよぎったが、そうなったらそうなった時に対処すればよい。

考えても仕方のないことは未来に先送りし、限りある脳のリソースを大切にする。これが魔王流のライフハックだ。

「ではネフィリー、あまり迷惑をかけぬようにな」

「あら。ネフィリーちゃんはいつも良い子ですよ」

「うん！　ネフィリー、いい子だよ！」

手を振るネフィリーに見送られて、バルバトスは八子内《やしうち》夫妻の部屋を後にした。

そのままシグナの部屋の前に行きかけ、ふと足を止めて進行ルートを変更する。

しかし、その変更したルートの先で、バルバトスは廊下を歩くシグナにばったりと出くわしてしまった。

「む……」

「ぬう……」

両者は畳一枚ほどの距離で睨《にら》み合《あ》う。

土地神に対抗するために、バルバトスとシグナは力を合わせた。しかしそれはその時だけの話。

お互いに数日寝込み復活した後は、以前と変わらない関係に戻っている。

「貴様、もう出かけたのではなかったのか。野良犬《のらいぬ》がうろついていると当マンションの景観を損ねる。直ちに去れ」

「忘れ物があって引き返したんだ。なんだ、僕が居ると何か問題があるのか？　また何か良からぬ企《たくら》みに住民を巻き込もうとしているんじゃないのか。それならば僕の出番だが」

「見当違いも甚だしいわ。余の仕事はこのロイヤルハイツ魔王城の住民に上質で豊かな暮らしを届けることだ。勇者である貴様の仕事など一つも無いぞ」

「僕には僕の使命があるぞ。このマンションに限らず、世界を良き方向へと導く使命が！」

シグナは最近、動画サイトで配信を行っている。

人々に広く善行の素晴らしさを広める方法は無いかとノゼルに相談した結果、配信者になることを勧められたらしい。

ゲーム配信をすれば力を込めすぎてコントローラーを破壊し、一日一善配信と称してとある海岸のゴミを一日で全て拾い集める、と無茶苦茶な配信ばかりしているが、それでも、馬鹿正直・生真面目なシグナのキャラが一周回って面白いと人気になっているらしい。

「チャンネル登録者もどんどん増えている！　つまり、世界はより良《い》い方向に向かっているということだ！」

「……それは結構な事だが、いい加減その妙な服はやめたらどうなのだ？」

シグナのセンスは相変わらずで、今日も「チャレンジだいすき」と書かれた自作のTシャツを身に着けている。

「やめない。誰に馬鹿にされようとも、僕は前向きな言葉を身に着け、目標のために努力するぞ。その姿勢を見て元気づけられる人も多いはずだ！」

「そうか。まあ、好きにせよ」

たとえ自分には理解できなくとも、そういう価値観が好まれる場所もある。全ての価値観を理解する必要はないし、コントロールする必要もない。

それを理解するのが知性というものだと、バルバトスは心得ている。

「Tシャツだけでは寂しいから、新作としてジャケットも作っているところだ。星の輝きをイメージして、全体にラメをちりばめて」

「それはやめろ」

バルバトスは親身になって止めた。何事にも限度はあるのだ。

「駄目なのか……？　お洒落《しゃれ》だと思うんだが」

「頼むから誰か、別の者の意見を取り入れながら進めろ」

「うーん。じゃあ、またノゼル氏に相談してみるかな……」

そのノゼルは元々根強い人気があったが、シグナと一緒に配信番組に出るようになって更に名前が売れ、最近ではゲームの世界大会に実況役として呼ばれたりもしている。

ノゼルのチャンネルではバルバトスが起源の力を示した動画が派手に拡散されてしまっているが、それについてバルバトスは抗議するつもりはなかった。

幸か不幸か、その動画が拡散されたために舞台となったロイヤルハイツ魔王城にはミーハーな入居希望者が殺到し、あっという間に満室となったのだ。

バルバトスは目的のために利用できるものは何でも利用する。たとえそれが、自分自身の恥であってもだ。

そもそも、この世界で魔族という存在を正確に認識している者は居ない。起源を明かしたところで、それを恥と思うかどうかはバルバトス自身の心持ち次第なのだ。

「おっと、考えている場合じゃない。そろそろ行かなくては間に合わなくなる」

シグナははっと我に返り、いそいそと荷物を背負い直した。

「電車の時間か？」

「いや、徒歩だ！　今日は新潟まで行くからな。さらばだ、バルバトス！」

風のように走り去っていくシグナの背を見送り、バルバトスは一息ついた。

勇者であるシグナと魔王である自分が、剣を交えることも無く日々過ごす。この世界に来るまでは考えられなかったことだが、現実にそうなっている。

環境が変われば、敵対する者との関係も思いもよらない方向へ変化することがあるのだ。

「まあ、やろうと思って出来る事ではないがな……」

独り言をいって、バルバトスは再び歩き始めた。


かなり回り道をした上で、バルバトスはようやく本来の目的地へとたどり着いた。

「結亜《ゆあ》よ、準備は済んだか？」

「とっくに済んでます。遅いよバルバトス！」

必要な物の運び出しが住んでがらんとした部屋の中で、手荷物を詰め込んだショルダーバッグを肩にかけている結亜《ゆあ》がそこに居た。

今日は、神代結亜《かみしろゆあ》がこのロイヤルハイツ魔王城を退去する日だった。

あのバザーでの一件以来、結亜《ゆあ》は母と相談を重ねていたが、ようやく実家へ戻る決心を固めたのだ。これからは新しい父である日下部《くさかべ》と三人で暮らすことになる。

「でも、ありがとね。バルバトス」

「ぬ……？」

「あの時バルバトスが無理やり動いてくれなかったら、きっとお母さんとも、新しいお父さんとも、こんなにうまく行かなかったと思うから」

「ま、まあな。愚昧なる人類を導いてやるのも、戯《たわむ》れとしては悪くあるまい。決して親切心などではないし、貴様のためを思っての行動ではないので、勘違いをするなよ。礼など不要だ」

正面からお礼を言われると、バルバトスは目に見えて落ち着かなくなり、異様に口数が増えたり、逆に黙り込んだりする。

結亜《ゆあ》はすっかりその性質を把握していて、わざともう一度お礼を言った。

「ありがとう」

「……フン」

バルバトスが鼻を鳴らして黙り込むと、ふいにその場を沈黙が支配した。

結亜《ゆあ》はもうここを出て行かなくてはならない。

癖のある住民たちがさらに増え、また色々と問題は起きるだろうが、それに対処するのは結《ゆ》亜《あ》の仕事ではない。

契約が完了した以上、もう結亜《ゆあ》がバルバトスを監視することも無いのだ。

胸の内の寂しさを誤魔化すように、結亜《ゆあ》はわざと意地悪い表情と声でバルバトスに吹っ掛けた。

「あ、そういえばさ。最初の約束って、一ヶ月以内に全部の部屋に入居契約するっていうのだったよね」

ちょうど一ヶ月前。この地に降り立ったバルバトスは、一つの約束をした。魔王城の90戸の部屋全てに住民を住まわせるという約束だ。

「うむ。それがどうした？　今日でその一ヶ月だが」

「私が今日この部屋を出るってことは、部屋が一つ空くってことだよね。今日中に急いで新しく契約してくれる人を探さないといけないいんじゃない？」

しかし、渾身《こんしん》の嫌がらせに対して、バルバトスは少しの動揺も無く、落ち着き払って答えた。

「……いや。この部屋は人を入れん。空けておく」

「どうして？」

「我々魔族と違って、人間は親子関係とやらが色々複雑なのであろう。お前が言っていた事だ、結亜《ゆあ》」

腕組みし、偉そうにふんぞり返って、バルバトスは告げる。

「もしも家族と少し距離を取りたくなったり、家を出て独り立ちをしたくなったら、戻ってくるがいい。その時のために、この部屋は空けておく」

「バルバトス……」

思いがけない切り返しに、結亜《ゆあ》は思わず言葉に詰まった。

魔族の王は一筋縄ではいかない。振り回されたのと同じ分だけ相手を振り回す。

「……そんな簡単に、戻ってくる気ないけどね」

「それならそれで構わん。戻ってくるな」

「あ、そう言われるとやっぱり戻ってくるかも」

「どっちだ貴様！」

わざとらしい口論に堪え切れなくなって、結亜《ゆあ》は笑い出した。バルバトスも、口調こそ怒ってはいるものの口元はニヤついていた。

初めて出会った時からは予想もつかないことだったが、人類の少女と魔族の王は、今や屈託なく笑い合える関係になっていた。

東京都江東区。川の流れにほど近く、心安らぐ景観と都心の利便性を併せ持つ土地に、景観に馴染《なじ》まない異様な建築物が立っている。

高く聳《そび》える四つの尖塔《せんとう》と強固な二重の城壁を持ち、怪物を模した浮き彫りと壁画が不気味な空気を漂わせる巨大な城。

異世界から転移してきたその城は、様々な事情により、この日本でマンションとして生まれ変わった。

その名を、ロイヤルハイツ魔王城という。

世間には知られていないことだが、この城では、住民たちに上質で豊かな暮らしを届けるべく、魔王が管理人として今でも奮闘しているのだ

あとがき

強大な存在が庶民的な生活を送る姿っていいですよね。

これは決してギャグとして楽しみたいだけの視点ではなくて、何もかも遠くかけ離れているように思えた存在が、意外と身近な価値観を共有していたりすると嬉《うれ》しくないですか。

遠い世界の住人にはとんでもない力を持っていて欲しいし、その一方で、近づいてみれば案外こちらと同じようなことで笑ったり悩んだりしているとちょっと嬉《うれ》しい。

そういう、ささやかな喜びを表現したくて本作を執筆しました。

「こんなマンションに住んでみたいな！　いや、やっぱり嫌かな……でも面白そうだよな」

という、絶妙なボーダーラインの上を行き来する感覚で読んでいただけたら幸いです。

今回も、筆者が見落としがちな観点を指摘してくださる担当編集様、イメージにこの上なく合致する美麗イラストを担当してくださった堀部《ほりべ》健和《たけお》様、家族サービスの時間を削っても許容してくれる家族と、応援してくださる皆様のおかげで何とか作品が完成しました。

ありがとうございます。そしてロイヤルハイツ魔王城、並びに管理人バルバトスを、何卒《なにとぞ》よろしくお願いいたします。

仁木克人

◉仁木克人著作リスト

「俺のプロデュースしたエルフアイドルが可愛すぎて異世界が救われるレベル」（電撃文庫）
「魔王城、空き部屋あります！」（同）

本書に対するご意見、ご感想をお寄せください。

ファンレターあて先
〒 102-8177　東京都千代田区富士見 2-13-3
電撃文庫編集部
「仁木克人先生」係
「堀部健和先生」係

本書は書き下ろしです。

電撃文庫

魔王城《まおうじょう》、空《あ》き部屋《べや》あります!

仁木克人《にきかつと》

2023年3月10日　初版発行

発行者　山下直久
発行　株式会社KADOKAWA
〒102-8177　東京都千代田区富士見2-13-3
0570-002-301（ナビダイヤル）
装丁者　荻窪裕司（META＋MANIERA）
印刷　株式会社暁印刷
製本　株式会社暁印刷

●お問い合わせ
https://www.kadokawa.co.jp/（「お問い合わせ」へお進みください）
※内容によっては、お答えできない場合があります。
※サポートは日本国内のみとさせていただきます。
※ Japanese text only

※定価はカバーに表示してあります。

ISBN978-4-04-914538-0　C0193　Printed in Japan

電撃文庫　https://dengekibunko.jp/

電撃文庫創刊に際して

文庫は、我が国にとどまらず、世界の書籍の流れのなかで〝小さな巨人〟としての地位を築いてきた。古今東西の名著を、廉価で手に入りやすい形で提供してきたからこそ、人は文庫を自分の師として、また青春の想い出として、語りついできたのである。

その源を、文化的にはドイツのレクラム文庫に求めるにせよ、規模の上でイギリスのペンギンブックスに求めるにせよ、いま文庫は知識人の層の多様化に従って、ますますその意義を大きくしていると言ってよい。

文庫出版の意味するものは、激動の現代のみならず将来にわたって、大きくなることはあっても、小さくなることはないだろう。

「電撃文庫」は、そのように多様化した対象に応え、歴史に耐えうる作品を収録するのはもちろん、新しい世紀を迎えるにあたって、既成の枠をこえる新鮮で強烈なアイ・オープナーたりたい。

その特異さ故に、この存在は、かつて文庫がはじめて出版世界に登場したときと、同じ戸惑いを読書人に与えるかもしれない。

しかし、〈Changing Times,Changing Publishing〉時代は変わって、出版も変わる。時を重ねるなかで、精神の糧として、心の一隅を占めるものとして、次なる文化の担い手の若者たちに確かな評価を得られると信じて、ここに「電撃文庫」を出版する。

1993年6月10日
角川歴彦